문학과지성 시인선 536

너의 거기는 작고
나의 여기는 커서
우리들은 헤어지는
중입니다

김민정 시집

문학과지성사

문학과지성사에서 펴낸 김민정의 시집

그녀가 처음, 느끼기 시작했다(2009)

문학과지성 시인선 536
너의 거기는 작고 나의 여기는 커서
우리들은 헤어지는 중입니다

초판 1쇄 발행 2019년 12월 10일
초판 4쇄 발행 2020년 5월 29일

지 은 이 김민정
펴 낸 이 이광호
주   간 이근혜
편   집 최지인 이민희 조은혜 박선우
펴 낸 곳 ㈜**문학과지성사**
등록번호 제1993-000098호
주   소 04034 서울 마포구 잔다리로7길 18(서교동 377-20)
전   화 02)338-7224
팩   스 02)323-4180(편집) 02)338-7221(영업)
전자우편 moonji@moonji.com
홈페이지 www.moonji.com

ⓒ 김민정, 2019. Printed in Seoul, Korea

ISBN 978-89-320-3596-3 03810

이 도서의 국립중앙도서관 출판예정도서목록(CIP)은 서지정보유통지원시스템 홈페이지
(http://seoji.nl.go.kr)와 국가자료공동목록시스템(http://www.nl.go.kr/kolisnet)에서
이용하실 수 있습니다. (CIP제어번호: CIP2019049518)

문학과지성 시인선 536

너의 거기는 작고 나의 여기는 커서
우리들은 헤어지는 중입니다

김민정

나의 쓰기는 말하지 않기다.

—마르그리트 뒤라스

시인의 말

나는 나의 부록.

가장 사랑하는 것은 없다.
많은 사랑이 있을 것이다.

2019년 12월
김민정

너의 거기는 작고 나의 여기는 커서
우리들은 헤어지는 중입니다

차례

시인의 말

1월 1일 일요일　9

사발이 떴어　10

시는 안 쓰고 수만 쓰는 시인들　13

썼다 지웠다 그러다 없다　16

꿈에 나는 스리랑카 여자였다　18

나는 뒤끝 짱 있음　21

그니깐 여름이 부르지 마요　24

쾰른성당　27

실마리　28

이제니가사람된다　31

서둘러서 서툰 거야 서툴러서 서두른 게 아니고　33

나의 까짐 덕분이랄까　34

네 삶이냐? 내 삶이지!　36

어느 날 저기는 자기가 되고 어느 날 자기는 저기가 되어　38

기적은 왜 기적을 울리지 않아 사람을 헷갈리게 만드는가　40

마 들어봤나 마　42

하여간에 선수인 것 같은, 끝　44

크게 느끼어 마음이 움직임　46

나를 못 쓰게 하는 남의 이야기 하나　48

나를 못 쓰게 하는 남의 이야기 둘　49

열하고도 하루쯤 전일 거다   50

수경의 점 점 점   52

모르긴 몰라도   55

즐거운 일을 네가 다 한다   56

철규의 감자   58

준이의 양파   62

그 들통   66

다른 이상함은 있다   68

베이다오北島   70

감삼ㅐ三 사는 제이크   73

제이크의 문자   76

잘 줄은 알고 할 줄은 모르는 어떤 여자에 이르러   79

우리는 그럴 수 있다   94

저녁녘   96

시소 위에 앉아 있는 밤이야   100

끝물과 꿀물   103

깨지, 깨   104

귀가 귀 가   107

나를 못 쓰게 하는 남의 이야기 셋   108

대화가 안 되면 소화라도   110

난데요   114

삼세번   118

나를 못 쓰게 하는 남의 이야기 넷   120

모자란 모자라 마침표는 끝내 찍지 아니할 수 있었다   122

발문

우리도 폴짝 · 박준   125

1월 1일 일요일
— 곡두 1

낮에는 도끼와 톱을 봤고
밤에는 꿩과 토끼를 봤다.

시에다 씨발을 쓰지 않을 것이고
눈에다 졸라를 쓰지 않을 것이다.

하루 종일 눈 내렸다.
'머리'로 가 붙을 수 있는 대목은 다
덮이었다.
더도 덮일 것이었다.

쑥차 마시면서
쑥대머리 들었다.

사발이 떴어
─곡두 2

일곱 살 때 집 마당에서 키우던 개의 목덜미를 쓸고 있는데 난데없이 옆집 기승이 아줌마네 집 안방에서 흰 사발이 뒤집혀 허공중에 뜨는 것을 보았지. 국 먹을 때 흰 사발을 내려다만 보았지, 뒤집힌 흰 사발을 올려다보기는 처음이라 내 머리 어디쯤 젖지 않게 그 흰 사발을 우산으로 쓰자면 쓸 수도 있겠구나 목을 뒤로 젖혀 하늘을 올려다보는데 눈이, 희지도 않게 뿌옇게 쏟아지는 함박눈이 너무 더러워서 내 입은 차마 못 벌리겠고 눈을 떠서 눈이나 피하는데 연탄집게로 연탄 대신 쥐를 집어갖고 광에서 나오는 엄마에게 사발이야 사발이 떴어 사발 맞다니까, 사발 타령이나 하는데 그 낮에 기승이 아줌마 혼자 떡국 한 그릇 자시고 주무시다 주무시던 그대로 상여 타고 나갔다는 거지. 그 상여 꽃상여 되게 예뻤는데 상여 나갈 때 광목으로 된 어깨끈이 느슨해지면 추어올리던 아빠의 폼이 꼭 코 훌쩍대는 아이 같았는데 여직도 침대 매트리스 고를 때마다 그 상여의 두께가 이만큼이었나 저만큼이었나 재게 된다는 거 뭐 내가 가늠하는 깊은 수면의 질은 언제나 속곳 그 속속곳인데 상여 같은 침대면 수면제 없이도 술 없이도 잠이려나. 돈이겠지. 개뿔 돈일 거야, 아마 혼자 드신 점심상이었으니 고명은 안 해 올렸을 거야. 깨끗했거든 흰 사발. 불어 흰 사발에 붙은 떡은 잘 떨어지지도 않으니 누가 알겠어, 그 흰 사발의 속사정. 근데 그 흰 사발에 목숨 수壽 자 같은 거 퍼런 문신처럼 새겨져 있었을까. 그랬을까. 그날로부터 20년도 더 지나 한국은행 취직해서 배 한 상자 들고 집에 인사 온 기승이 오빠에게 아무리 물어도 흰 사발은 뉘 집 사발이냐 하는 표정으로 얘 왜 이래요 어머니 하고 우리 엄마나 쳐다보는데 요즘 얘가 사발 모으잖니 요즘 얘 사발에 미쳤잖니, 엄마는 왜 사발도 모르면서 사발 안다는 뉘앙스를 풍기냔 말이지. 포인트는 사발이 아니고 상여고 소창인데 두 필 사서 그 한 필은 황현산 선생님 1주기 추모식 때 밟고 들 들어오시라고 2층에서 입구까지 층층 나무 계단 물 흘리듯 깔았고 남은 한 필은 옷장 속에 넣어두기만 한 참인데 결혼한답시고 함 띠로 두를 것도 아니고 애 있어 기저귀 오릴 것도 아니고 행주로나 들들 박아야지 하는데 어쩌다 생각이 나겠지 냉정한 게 사람이니까 그치 그 흰 사발, 리틀엔젤스예술단 어린이합창단 아이들이 크리스마스캐럴 부를 때 쓰던 모자 같은 그 흰 사발. 뒤집혀 있어

서 뒤집혀 있음으로 이날 입때껏 살아 있나 그거 뒤집을
작심에 그거 뒤집어 떡국 담아 먹을 욕심에 사들인 흰 사
발이 얼마 전 부엌 찬장 세 칸을 넘겼다는 얘기지.

시는 안 쓰고 수만 쓰는 시인들
— 곡두 3

핸드백 정리를 하는데 가방을 열고 속 지퍼를 열면 꼭 생리대가 한두 개씩은 들어 있는 거지. 무엇이 불안할까. 아직은 늘 불안이지. 불안한 게 좋은 거야. 불안해하지 않으면 꼭 불행한 일들이 닥치던 거 물론 케이스 바이 케이스. 소수 속의 극소수로 만나 라멘 먹기 전에 아멘 하면 알아먹던 사이들. 웃자고 만난 사이들. 안 웃겨서 죽자고 헤어지는 사이들. 함께 쓰는 사이들. 각자 지우는 사이들. 쓸 건 안 쓰고 지울 건 너무 지워 젖은 백지처럼 밀리는 사이들. 얇아지는 사이들. 비치는 사이들. 덧대지 않는 사이들. 그 사이에 새들. 새다 하면 어느새 시들. 사랑은 쫓아가는 사람이고 사랑은 좇아가는 사람이고 사랑은 놓아주는 사람이고 사랑은 날아가는 사람이고 사랑은 그걸 후에 혼자 아는 사람이고, 안녕 오늘의 새. 네 새. 내 새. 그 새는 안 보고 그새 시는 안 쓰고 수만 쓰는 시인들. 시들해지는 시들. 그 시는 안 쓰고 심만 심는 시인들. 시심이 전심일까? 시심은 변심이지. 나 알죠? 내 시 몰라요? 모르는데요. 나를? 내 시를 모른다고? 죽은 시인은 따로 있는데 장례식장에서 제가 죽은 것도 아니면서 저를 묻고 제 시를 말하는 좆같고 엿같은 사이들. 그래봤자 잊고

13

들어봤자 잊힐 사이들. 징그러 아주 그냥 지긋지긋해 집에 와 김치 넣고 고추장떡이나 부치며 소주나 따르면서 왜 훌쩍 떠나버렸을까, 그게 그러니까 그러지 않고는 못 배길 만한 어떤 들림이 절로 등을 들어 올리기는 했을 것 같은데 그 족집게 같은 거 그 삽 같은 거 그 포클레인 같은 거 어디 가서 사나 어디 가서 찾나 영 가버렸으니까 내가 사는 동안 안 오는 게 맞을 테니까 작년에 죽은 수경 언니의 전화 목소리나 반복 재생하여 듣는데 왜 다 태어나서 이 고생일까? 뚜뚜 끊어지는 전화…… 그래 미친놈은 어딜 가나 있다는 소리. 미친년은 찾을 것도 없이 나란 소리. 찬물이 덥다는 소리. 무거움이 가벼움을 못 든다는 소리. 말 좀 하자면서 마스크 안 벗고 숨만 쉬는 소리. 멀리 있는 사람과 가까워지다가 가까운 사람과 멀어지는 소리. 낌새를 씹새로 읽는 소리. 소금 항아리가 온대서 지금 못 나가요, 바쁨을 못 숨기는 소리. 고백은 숨기고 고백하는 소리. 투명한 바람 소리와 투명한 바람기의 소리. 서랍을 열 때마다 서러워지는 소리. 내상이 깊을수록 내성이 깊어지는 소리. 그만도 못할까 하는데 그만도 못하다는 소리. 오늘 포도 따러 가자 하니까 다 잊고 또 당장에 설레어버리는 소리. 소리 하다 소리 듣다 머리카락 같은 걸 흘렸는데 제멋대로 구부러져 바닥에 느닷없이 하트 같은 게 그려질 때가 있지. 무조건 져서 이기게 하는 하트. 『7080 불후의 명곡』 앨범 속 「피버스」를 "열기들"이라고 번역한 게 귀여워서 이어폰으로 듣고 가는 총알택시 뒷좌석 내 품에는 막 퍼 담은 음식물 쓰레기봉투가 안겨 있지. 끓여 두어 시간 식힌 비지가 담긴 봉투처럼 말랑하고도 따뜻한데 먹을 수는 없는 음식물 쓰레기봉투. 봄밤도 아닌데 창문 열고 바람아 와라 그러고 보면 저 달이 저 별이 내 목에 걸리고 내 귀에 걸리지. 달랑달랑 액세서리 좋아하니까 버티는 나날이란 얘기지.

썼다 지웠다 그러다 없다
—곡두 4

눈도 예쁜데 눈이 예쁜데 눈은 예쁜데 눈만 예쁜데 눈도 안 예쁘네. 마음이라는 거. 변한다는 거. 안 변하는 게 또한 마음이겠냐는 거. 미련 같은 거 치우면 또 연두 같은 게 들어찬다는 거. 그 연둣빛 청개구리 한 마리. 1층 살던 어느 여름 고양이 무구가 어디선가 청개구리를 물어 와 내 앞에 툭 뱉어냈지. 먹지도 않아 물지도 않아 그러다 청개구리 뒷다리 중 하나만을 작정하고 팼지. 다다다 때렸지. 그 다리 하나가 펴지고 펴져서 쭉 편 실 같아졌지. 이유를 아나. 아나, 모르지. 다리가 그리 늘어진 청개구리와 그 다리를 그리 늘인 고양이 사이의 팽팽한 긴장, 그 숨죽임 같은 거. 아직 안 죽었으니까 아직 안 죽였으니까 누가 먼저 튈까 누가 먼저 튈래 방어와 공격의 그 타이밍을 보는 서로 간의 집중, 그 무아의 무한 팽창 같은 거. 4층에 사니 고양이 무구가 여름이라고 어디선가 귀뚜라미를 물어 와 저 혼자 씹어 먹기에 바쁘지. 먹지 말라고 씹지 말라고, 뱉어 무구야 뱉으라고 무구야. 검은 곤충 한 마리의 있다 없음을 속수무책으로 바라보고선 내 앞에 홀린 듯 고양이가 흘려준 귀뚜라미 앞다리 하나. 킁킁 냄새 맡더니 다시 제 입에 넣지를 않아 내 몫으

16

로 남은 귀뚜라미 앞다리 하나. 이거 어쩌기 어렵지. 이거 어쩌기 어려운 한 이거 어쩌기 쉬울 때까지는 양심과 양심 사이에서 계속 두루마리 휴지 풀겠지. 그치, 그런데 그거 본 적 있어? 1977년도 〈10대가수가요제〉에서 혜은이가 「당신만을 사랑해」 노래하는데 옆에서 길옥윤이 색소폰을 불지. 예쁘게 웃으면서 환하게 웃으면서 양 볼 오지게 깨가면서 불지. 혜은이 목소리는 알아도 길옥윤 목소리는 모르지. 제 목소리 뽐내는 것도 아닌데 길옥윤은 그때 왜 그렇게 열심히 색소폰을 불었을까. 그렇게 불더니 지금은 어디 가서 무엇을 불까. 모르지. 모르니까 썼다 지웠다 그러다가 없을 것이란 얘기지.

꿈에 나는 스리랑카 여자였다
— 곡두 5

등에 업은 포대 자루에 의지한 채
찻잎을 땄다.
할당량이 주어져 있으므로
있는 대로 땄다.
닥치는 대로 땄다.
빠르게 땄다.
많이 땄다.
따기밖에 더 할밖에, 그러니
죄다 땄다.
다 땄다.

잎을 따면 그 즉시로 새잎이 돋았다.
징글징글한 녹색의 횡포였다.
무서운 건 노동이 아니라
나무였다.
나무가 많으니 사라지는 건
손이었다.
20킬로그램을 채우면 2천 원을 건네는
것도,

손.

포대 자루를 탈탈 털었을 때
잘린 여자들의 손목이 우르르 쏟아졌다.
정육점 빨간 대야 위에
다소곳이 쌓여 있던 돼지 발들이
바닥으로 굴러떨어지는 소리처럼
와르르
꿈이랍시고 깨어났는데,

네트 사이로 흰 배구공이 오가고 있었다.
통 하면 통 하는 흰 배구공의 랠리
까무잡잡한 피부에 바싹 올려 묶은 곱슬머리에
금빛 링 귀걸이를 한 스리랑카 선수들이
스파이크로 내리꽂히는 흰 배구공에 자꾸만
맞고 있었다.
한 템포 빠르게 뻗지 못하고
두 템포 느리게 갖다 대던 그이들의 손
것도,

두 손에

손들.

게임 스코어 3 대 0

제19회 아시아 여자 배구 선수권 대회에서

퍼펙트 승리를 기록한 한국 선수들이

손에 손을 모아 파이팅을 외쳤다.

내미는 손들이 모여 원이 되는 함성

그 너머로

굽슬굽슬하고 시꺼멓고 긴 제 머리카락을

있는 대로 따다,

닥치는 대로 따다,

빠르게 따다,

따기밖에 더 할밖에, 그러니

죄다 따다,

그 즉시로 풀기만을 반복하던

스리랑카 선수의

것도,

손.

나는 뒤끝 짱 있음
── 곡두 6

모닝콜은 있고 굿모닝은 없음

굿모닝은 있고 기지개는 없음

기지개는 있고 휘파람은 없음

휘파람은 있고 신바람은 없음

없음, 없음, 없는데 참

개똥은 있고 개는 없음

개는 있고 개똥 주인은 없음

개똥 주인은 있고 개똥 치운 주민은 없음

개똥 치운 주민은 있고 개똥 치운 주민에게 사과하는

개똥 주인은 없음

없음, 없음, 없는데 참

출근은 있고 설렘은 없음

설렘은 있고 잔고는 없음

잔고는 있고 이자는 없음

이자는 있고 임자는 없음

없음, 없음, 없는데 참

애무는 있고 섹스는 없음

섹스는 있고 삽입은 없음

삽입은 있고 느낌은 없음

느낌은 있고 사랑은 없음

없음, 없음, 없는데 참

도토리묵은 있고 도토리는 없음

도토리는 있고 다람쥐는 없음

다람쥐는 있고 쳇바퀴는 없음

쳇바퀴는 있고 철창은 없음

없음, 없음, 없는데 참

소등은 있고 퇴근은 없음

퇴근은 있고 수면은 없음

수면은 있고 숙면은 없음

숙면은 있고 단꿈은 없음

없음, 없음, 없는데 참

환각은 있고 환상은 없음

환상은 있고 기대는 없음

기대는 있고 포옹은 없음

포옹은 있고 당신은 없음

없음, 없음, 없는데 참

나가는 상여 보며 밥 비비는 심청은 있고 들기름은 없음

들기름은 있고 고소함은 없음

고소함은 있고 방앗간은 없음

방앗간은 있고 떡 주무르는 사람은 없음

없음, 없음, 없는데 참

떡 주무르듯 뇌병변의 손자를 마사지하는 할머니가 있고 똥오줌 가리는 손자는 없음

똥오줌 가리는 손자는 있고 싸가지 있는 손녀는 없음

싸가지 있는 손녀는 있고 용돈 오지게 주는 손녀는 없음

용돈 오지게 주는 손녀는 있고 자손 중에 나는 없음

없음, 없음, 없는데 참

구두 밑창에 들러붙은 개똥 떼면서 개씨발거리는 내가 있고 약은 없음

약은 있고 물은 없음

물은 있고 불은 없음

불은 있고 내일은 없음

없음, 없음, 없는데 참

나는 뒤끝 짱

있음

그니깐 여름이 부르지 마요
─곡두 7

여름은 말한다. 말하면서 여름은 연신 소녀들의 껑충한 교복 치마를 훔쳐본다. 여름은 허리께까지 머리를 기른 소녀들이 왜 땀을 뻘뻘 흘리면서도 허리께까지 기른 머리를 묶지 않는지 알 수가 없다. 그것이 세월이 아니겠냐고 여름은 말한다. 말하면서 여름은 연신 눈물을 삼킨다. 여름은 막달 임산부의 배만 한 덩어리였다가 쪼가리로 버려지는 수박 껍질에서 사방팔방 꽃가루처럼 퍼지는 초파리들조차 제게 야유한다고 믿는다. 그것이 주제 파악이 아니겠냐고 여름은 말한다. 말하면서 여름은 연신 겨울을 불러낸다. 여름은 여차하면 두 뺨과 두 귓불을 당장에 쥐도 못 깨물 비트처럼 얼려버리는 겨울의 입김을 질투한다. 그것이 색색의 털실로 짠 목도리마다 별별 문양의 국기를 새길 수 있는 겨울만의 타고난 장기가 아니겠냐고 여름은 말한다. 말하면서 여름은 연신 밤하늘을 째려본다. 여름은 아이들이 손으로 구겼다가 펴는 사이 눈이었다 물이 되는 이야기를 왜 저는 가질 수 없는지 비극의 마지막 소비자로서의 별을 원망한다. 여름은 말한다. 말하면서 여름은 연신 손수건에 대고 코를 푼다. 여름은 왜 자꾸 전 애인을 만나설랑 전 애인이 까는 전 애인의 현 애인 뒷담화에 술값이나 보태고 있는지 중복에 엿가락처럼 휘어버리는 제 마음의 갈피를 숟가위로 쳐내고 싶어 안달이다. 여름은 말한다. 말하면서 여름은 자궁암으로 숨을 거두는 순간까지 나한테 잘못하지 말아요, 그 말만 잠꼬대처럼 반복해댔다는 프리랜서 편집자 언니를 떠올린다. 상식과 식상의 틈바구니에서 여름은 수박의 살은 삼키고 수박의 씨는 오물거리며 누가 더 멀리 시보내나 씨 뿌리던 그날을 새삼 복기한다. 늦봄에 눈 밑에 살 오른 검은 점점의 기미가 왜 도통 살 빠질 줄 모르는지 아픈 언니를 보내고 나쁜 장마의 퀴퀴함에 두 콧구멍을 솜으로 싹 다 틀어막고 다니던 여름은 통유리로 에워싸인 병원 안으로 들어갈까 말까 들어갔다 나오는 사람들이나 수첩에 그려대는데 언제 봐도 여전한 크로키의 재주다. 여름은 말한다. 말하면서 여름은 연신 여름만은 죽어도 못 그리는 제 고집스러운 두 손을 난생처음 사랑해보기로 맘먹는다. 말린 무화과도 아닌데 죽은 말벌을 꼭꼭 씹어가며 개중 양 날개는 똑똑 따버릴 줄 아는 여름의 그 야무진 손가락이 얼음 동동 메밀묵국수에 고명을 올려대느라 부산스럽다. 그래, 씹어야 살고 삼켜야 살고 마셔야 산다니까 여름은 태풍 너구리가 일본 오키나와를 훑고 규슈를 향하고 있다는 뉴스를 보다 쫄깃쫄깃 오동통한 내 너구리 생각에 잘라 쓰는 길쭉한 국물용 다시마를 찾는다. 여름은 말한다. 말하면서 여름은 먹어 조지는 여름으로 살이라도 푹푹 쪄야 온전한 여름으로 기억되지 않겠냐며 얼큰한 너구리와 순한 너구리를 한 냄비에 몰고 간다. 두 귀에 이어폰을 꽂고 두 개의 너구리를 끓이고 있는 여름은 이 젓가락질로나마 여름으로 바쁜 것이 기쁜 것도 같다. 하마터면 냄비 뚜껑이 내뿜는 간지럼 타는 소리인 줄 알았겠다, 이 여름의 내가 먼저 살자고 옆구리 콕콕 찌르는 소리.

쾰른성당
── 곡두 8

우리 둘의 이름으로 초를 사서
우리 둘의 이름으로 초를 켜고
우리 둘을 모두 속에 섞어놨어.
모두가 우리를 몰라.
신은 우리를 알까.
우리 둘은 우리 둘을 알까.
모두가 우리가 우리인 줄 알겠지.
우리 둘도 우리가 우리 둘인 줄만 알겠지.
양심껏 2유로만 넣었어.

실마리
—곡두 9

아랍에미리트 갔을 적에
거기가
아부다비였나 두바이였나
황금을 잘 개서 잘 처바른
거기가
왕의 두번째였나 세번째였나
왕의 부인네 궁전 앞뜰
노니는 공작을 봤을 적에
뭐라도 더 가질 게 없으니까
느려터지기나 하는 공작이
어떤 두리번거림도 없이
손 없이도 뒷짐 질 줄 아는
허세 당당한 포즈로
나니까
나나 빤히 보고 섰는데
아주 정면으로다가
보면 마주하는 거지
무슨 용건이 더 있겠냐마는
짙은 공작의 쌍꺼풀이

다만 흉내 내고 싶은 아이섀도라

그 배색이나 커닝하는 주제가

나니까

공작이나 빤히 보고 섰는데

내가 봐도 그 타이밍에 나는 꽤

기차서

거 참 기차다 하였는데

동선이라나

동선이라니

그려져서 그려본 것을

말이야

말이라

기실

그 실 찾으려니

실패는커녕

휴대용 미니 재봉 키트 하나 없고

그런 건 또

편의점에서 판다 하니

문발CU점에 가 사고 앉았는데

꼭 그래

영수증에 찍힌 문발씨유점에서

그 발씨를 또 씨발로 읽은 거

그 동네 작은 부엌 반찬 전문점 앞에서

셰프 박찬일에게 안부 메시지 보낸 거

춘천 가는 기차 아니고

순천 가는 기차 타고

최정진 시인이 하는 서점

'생각구름'에 갔을 적에

떠오르는 글 하나 적어보라 해서

내 글 새긴 접시 하나

후에 보내준다 하였는데

여적 그 접시가 안 오고 있는

기실

그 실 찾으려니

실패는커녕

족히 2년은 풀려

있는 채로

잇는,

이제니가사람된다

— 곡두 10

살아가는 사람이 먼저일까, 죽어 있는 사람이 먼저일
까. 시는 나일까, 내가 시일까. 시란 나는 누구이기에 "이
제니가사람된다"라고 누군가가 갈긴 메모를 "이제 니가
사람 된다"와 "이제니가 사람 된다"로 갈라 읽으며 낄낄
대고 앉았나. 웃긴 걸 좋아하는 나. 웃긴 사람을 편애하는
나. 누군가 더럽게 웃긴 년이라 할 때 그 말을 칭찬으로
알아먹는 나. 초등학교 6학년 때 엄마 친구가 닭집을 개
업했을 때 애들은 그런 데 가는 거 아니다 하는데도 시루
떡 쪄서 가는 엄마 손 모자라다며 엄마 지갑 들어주겠다
는 명목으로 거길 졸졸 따라간 데는 체인점 홍보대사가
코미디언 엄용수라는 얘기를 미리 들어서였다. 그때 그
시절 코미디와 개그의 차이를 아는 정의로 엄용수는 연
기란 걸 했을까. 알았던들 우리에게 설명할 필요도 그럴
이유도 없었겠지. '회장님 회장님 우리 회장님'에서 김
형곤과 함께여야만 무대가 무대였겠지. 코미디언 엄용수
를 사이에 두고 양옆에 앉아 사진을 찍은 엄마와 아줌마
는 1952년생 용띠. 사진 뒷장에 엄용수 아저씨와 함께라
는 메모는 둘 중 누가 쓰신 거라니. 이제 와 검색해보니
엄용수는 1953년생 뱀띠. 그러고 보면 1988년 10월 17일

에 찍힌 이 사진은 어쩌다 31년이나 흘러 파주 사는 내 집 건넌방 서랍에서 내가 다닌 인천남부국민학교 졸업 앨범 속에서 불쑥 튀어나오게 된 걸까.

서둘러서 서툰 거야
서툴러서 서두른 게 아니고
—곡두 11

　면담하러 학교 갔다 온 엄마가 다 좋은데 좀 산만하다
는 담임선생님의 나에 대한 지적에 63빌딩이라도 무너
진 양 호들갑을 떨 때 나는 오만한 어투로 이렇게 말한
적이 있지. "서둘러서 서툰 거야 서툴러서 서두른 게 아
니고." 생각이 너무 많으면 전혀 안 생기는 생각. 영이 영
영이 되는 생각. 그럴 땐 그저 쟁반에 콩 한 봉지 와락 쏟
고 콩이나 세우려는 수작질이 최고지. 콩이 설까. 서라 콩
아. 그러고 보니 아직 콩 한 번을 못 세워봤네. 약 먹으면
혹시 설 수도 있을 당신의 거시기와는 달리 약 먹어도 못
서는 콩. 그저 눕기만 하는 콩. 실은 우리가 아는 콩의 일
어섬이 우리가 모르는 콩의 누움일 수도 있으련만 눕기
가 태생인 콩을 기어이 일으켜보려는 내 심사, 그 뒤틀림
으로 나는 왜 당신의 안부는 도통 궁금해하질 않고 나물
의 생사에만 돋보기를 갖다 대는가. 연두는 셔. 셔,라고
발음할 때 윗니 열 개를 은빛 철사로 이어 붙인 브래킷은
빛나지. 그 찰나의 눈부심으로 인한 눈 감음은 실로 눈
뜸이 아니려나. 소용을 버릴 때 생기는 무용. 무용을 가질
때 생기는 소용. 소용은 소용없다,라고 말하는 순간 소용
은 소용 있다,라고 풀이되는 그것. 말해 뭣 해.

나의 까짐 덕분이랄까
—곡두 12

북성포구에 바지락 까 파는 단골 할머니 가게에 들렀
는데 할머니 아프다고 오늘 쉰대서 돌아 나오다가 옆 가
게 빨랫줄에 집힌 말라가는 박대에 눈이 갔는데 박대 잘
마르라고 거의 꺼져가는 연탄 하나 거기 놓인 것도 봤는
데 불현듯 그 연탄 속내 좀 들여다보겠다고 쪼그려 앉았
는데 나도 모르게 무릎 구부러질 때 내 입에서 나가는 소
리 자…… 그 자 대체 뭐니. 돌돌 말린 줄자가 데구루루
구르는데 어제의 내가 그제의 내가 그끄제의 내가 데굴
데굴 굴러 나와 나를 빤히 쳐다보는데 미쳐서 지치고 뒤
적이니 뒤척이는 나의 기척들아, 안녕. 원한과 원한 바의
구분이 이렇게도 프로답지 못하다는 건 있지, 내 머리가
나빠서고 내 몸이 아파서고 그런데 바둑 기사 헤이자자
7단의 이름을 기억하게 된 건 말이지, 이름에 자자가 있
어서니 뭐 나의 까짐 덕분이랄까. 전문가란 그것밖에 모
르는 사람이라 할 때 나는 돌아 까짐의 전문가. 삶에 더
삶아져봐야 할까. 산 주꾸미는 어린애 같고 삶은 주꾸미
는 늙은이 같은데 둘 다 둘 나름의 맛이 달라 좋지. 초장
맛인가. 담낭 떼느라 수술한 그날부터 먹고 싶은 건 초장
뿐이라 편의점에서 그 초장 몰래 사다 몰래 짜 먹다 흰색

침대 시트에 빨간 얼룩 물티슈로 지우다가 더 퍼뜨리던
2018년 4월 첫 주와 둘째 주의 일산백병원 621호 병실 창
가 자리. 사물함에 두고 온 네모난 아베다 손거울은 누가
가졌을까. 누군가 버렸을 거야. 테두리 까졌거든.

네 삽이냐? 내 삽이지!
—곡두 13

"버리면 버려지실 것입니다." 협박 아니고 겁박 아니
고 지르박이라며 웃자고 한 얘기였는데도 정색을 하는
사람이 있었다. 화원 갈 때마다 왜 그렇게 삽을 사냐고
있는 삽 또 사는 나를 한심스럽게 쳐다보는 사람이 있었
다. 생일 선물로 삽 사 달라니까 왜 하필 삽이냐며 구덩
이 쑤시개로는 최고이긴 한데라며 말을 흐리는 사람이
있었다. 삽이 너무 좋아 삽을 옆에 놓고 자다 깨보니 삽
끼고 자는 년이 나더라 안 꾼 꿈인데 꾼 꿈인 양 부풀려
떠벌려가며 그깟 헛소리들 닥치게 할 요량으로 가열차
게 떠드는 내가 있었다. 강연 가운데 나중에 삽질 덜 하
려고 와중에 삽질 더 하고 산다 하니 누군가 손을 들어
하는 말, 삽질은 나처럼 시가 뭐라도 되는 양 아는 척하
는 사람에게 시는 좆도 뭣도 아니란 걸 말해주기 위해 쓰
는 단어라나. 네 삽이냐? 내 삽이지! 내 삽 갖고 삽질한
다고 뭐라 하든 말든 삽 타령에 바쁜 건 비 온 다음 날 옥
상에 눕혀놓은 삽마다 고인 물에 내가 비쳐서다. 얕은 바
람에도 잘게 흔들리는 내 마음의 실루엣이 고스란히 거
기 담겨서다. 나도 모르는 내 마음이니까 나 보라고 떠
주는 그 한 삽의 마음. 보이는 마음은 써야 하는 마음. 쓰

36

인 마음은 읽어야 하는 마음. 읽힌 마음은 들킨 마음. 들켜진 마음은 번지는 마음. 시는 그렇게 들불처럼 퍼져서 비밀이 안 되어야 하는 마음. 옥상에 눕혀놓은 삽이 그래서 몇 자루라고? 너무 많은 삽은 욕심일 수 있는 마음. 하나여도 충분한 마음. 둘이면 헷갈리는 마음. 셋이면 하나도 안 보게 되는 마음. 이 마음. 아직은 오늘이 어제가 되는 시간을 살고 있는 나의 마음. 이 마음. 그건 오늘 내가 쓴 시를 내일 내가 읽을 수 있고 오늘 내가 읽은 것을 내가 내일 찢을 수도 있는 나의 마음. 이 마음. 편애보다 편육이 편하다고 말해도 누가 뭐라 할 수 없는 나의 마음. 이 마음. 가없지 않고 가 있다는 솔직함이 말이 되는 나의 마음. 이 마음. 발 걷고 주방 안으로 들어갔더니 비닐장갑 낀 손으로 닭발 먹다 몰래 뽀뽀하던 중년의 주방장과 홀 담당 아가씨가 있어 아 젓가락은 왜 자꾸 떨어지고 지랄일까 딴청 피우듯 말하는 나의 마음. 이 마음. 다 만나려고 이별하고 또 이별하려고 만나는 것을 끝끝내 알아버린 나의 마음. 이 마음의 쓰기는 끝끝내 말로는 끝이 안 나서 있는 연필 두고 자꾸만 새 연필 사러 가게 만드는 나의 마음. 이 마음.

어느 날 저기는 자기가 되고
어느 날 자기는 저기가 되어
── 곡두 14

　어느 날 저기는 자기가 되고 어느 날 자기는 저기가 되고 어느 날 저기는 자기는커녕 여기도 아닌 것이 되고 어느 날 자기는 저기는커녕 거기도 아닌 것이 되어놔서 나는 밤하늘의 별도 세고 밤바다의 모래알도 세고 8킬로그램짜리 특대 공주알밤 포대 속 햇밤도 세고 4킬로그램짜리 홍천 잣고개잣 진공 포장 속 파지잣도 세고 페루산 가문어살 4백 그램짜리 한 봉지에 들어 있는 잘린 대왕오징어다리 조각도 세고 또 세다 문득 가문어살, 가문어살? 그 가가 그 가가 아니라 그 '가假'라는 걸 알게 되었을 때 가짜면 어때 이름 달리 부른 게 죄는 아니잖아 가냐 갸냐 감질나게 씹히면 그만이지 천막을 친 길거리 타코야키 불판 앞에서 둥근 밀가루 반죽 속 가짜 문어 익어가는 냄새를 누가 시킨 것도 아닌 채로 혼자 맡고 있는데 내가 지금 기다리는 것이 진짜라는 짜인지 가짜라는 짜인지 그 '짜'의 헷갈림으로 타코야키 든 종이봉투 든 채 식을세라 먹어버릴세라 후닥닥 부엌으로 뛰어드는데 점심에 내가 끓인 오징어고추장찌개를 개수대에 따라 버리는 엄마. "너무 짜면 있지, 이렇게나 쓰다니까. 짠 건 참고 먹어도 쓴 건 참고 못 먹어. 너는 몰라도 나는 그래." 내 백일 잔칫상 나랑 함께 받으시며 덕담이랍시고 저거 저거 저 눈

값할 년 내게 그러셨다는데 그러고는 그다음 날 돌아가
신 친할아버지는 소주 됫병 자실 때 굵은소금 한 종지를
안주로 집어 드셨다는데 기력인가? 내력이겠지. 짬의 씀
인가? 짬의 쏢이겠지.

기적은 왜 기적을 울리지 않아
사람을 헷갈리게 만드는가
—곡두 15

"조금만 더 짜지자." 그렇게 야물게 여물면 좋겠지만 수박 욕심은 있어가지고 수박 사러 나갈 때면 수박을 퍽 소리 나게 땅에 떨어뜨리곤 했었지. 깨진 수박의 아까움보다 수박이 깨지면서 땅에 스미던 수박의 물, 그 주워 담기 어려움의 어찌할 수 없음을 어찌하고 싶어서 땅에 혀를 갖다 댄 적도 있었지. 하드 사러 나갔다가 후진하는 트럭에 치여 죽은 앞집 아이 대신 그 자리에 놓여 있던 수박바. 공중에 떴다 떨어진 아이 대신 수박 같은 아이 머리통이 지른 소리, 빽. 한낮에 실려 간 아이가 한밤에 죽었음이 알려지기까지 아무도 치우지 않았던 수박바. 아이는 녹았을까. 그래서 아이는 물이 되었을까. 수박바를 집어 쓰레기통에 버린 건 아이의 친구였던 내 동생이었고 쓰레기는 쓰레기통에 버리라고 배웠으니까 뭐 흘렀겠지. 흘러 들어갔을 거야. 저 죽고 저랑 똑같이 생긴 아이가 태어난 1987년 여름 그 아이의 집. 그 아이의 동생이 장가간다고 청첩장 들고 왔던 2019년 여름 그 아이를 기억하는 건 그 아이의 친구였던 내 동생. 수박씨처럼 얼굴이 까맸던 그 아이의 아빠는 간암으로 15년 전에 죽었다는데 여기서 만났다 헤어진 두 사람은 거기서 다시

만날까. 보였는데 안 보이는 일. 들렸는데 안 들리는 일. 만졌는데 안 만져지는 일. 그렇게 있다 없는 일이여 없다가도 있는 일이여. 기적은 왜 기적을 울리지 않아 사람을 헷갈리게 만드는가. 사는 일의 사나움이여 사는 일의 사사로움이여. 아무려나 그 사는 일에 있어 닿고 닿는 그 미침에 내 모자람이 큰 듯하여 오늘도 나는 미치고 폴짝 뛰고나 있는 것이지.

마 들어봤나 마
— 곡두 16

새벽 3시 낮에 봐둔 안동산 장마를 사러 24시간 농민
마트로 걸어가는 나다. 새삼 왜 장마인지는 모르겠으나
마 산다고 마트 가는 길에 김밥천국 들러 참치김밥에 떡
라면 먹으며 뚫어져라 휴대폰에 눈을 박은 대리운전 기
사들을 훔쳐보며 두리번거리는 나다. 왜 하필 장마인지
는 모르겠으나 마 산다고 마트 가서는 잘린 마 아니고 흰
색 깐 마 아니고 안 잘린 마 맞고 흙색 마 맞는 다섯 개의
장마를 신문지에 둘둘 싸서 15분 거리 되걸어 집으로 돌
아오고 있는 나다. 마 들어봤나 마, 마에서 털려 나오는
흙과 나란히 보폭 맞춰가며 걸어는 봤나 마, 마를 마라,
유치해도 마를 봐야 마를 알고 마를 안아야 마를 알고 마
를 만져야 마를 안다 말할 수 있지 않은가 싶어 시 쓰다
말고 시 쓰던 그 자리에 마가 나와야 해서 마 사러 나왔
던 나다. 마 사는 거 좋아합니까? 네. 마 사는 것만큼 마
버리는 거 좋아합니까? 아니요. 먹지도 않을 마 다섯 개
를 물 안 채운 플라스틱 수조 속에 넣어놓고는 시 쓴답시
고 보다 시 안 쓴답시고 말다 그대로 놓아두기만 하던 날
이 얼마나 길었는지 산 마로는 뭐 못 쓰고 버릴 마 들고
는 신발장 앞에 서서 신고 나갈 신발을 고르는 엄마의 잠

42

시 잠깐의 골똘함에서 뭐 좀 쓰겠다고 잠시 서 있어봐 하였으나 하필 그 타이밍에 방귀를 뀌어버리는 엄마. 김이 샌다고 할 적에 그 문장의 적확함에 대해 정확히도 알아버린 순간 엄마는 간데없고 엄마의 방귀 냄새는 나 부껴 나름의 환기라는 걸 내게 시키기도 하는 게 마, 마였더랬다.

하여간에 선수인 것 같은, 끝
― 곡두 17

"당신은 돌 해. 나는 물 할 거야." 비스듬한 계곡에서 우리는 만났다. 당신은 놓이고 나는 흐르고 우리는 부딪치지 않는 서로의 간극으로 자정이라는 이름하에 밤 12시 절로 깨끗해지는 얼굴을 가질 수 있었다. 시작은 투명. 시작은 비침. 시작은 맑음. 시작은 들킴. 시작은 흘림. 시작은 받아 적음. 꽃이 피고 비가 오고 열매가 맺고 눈이 내리는 사이 비스듬한 계곡에서 우리 둘의 등은 그만큼의 기울기로 비스듬해져버리고 비스듬함이 비스듬함을 만날 때 그 비스듬함은 그 비스듬함이라는 말을 잃고 두들긴 납처럼 납작한 이마를 가지게 된다. 평평한 넙치여 바다의 새여 계곡의 돌과 물 그 어떤 흐름 속으로도 뛰어들 수 없는 너라는 물고기의 이름을 이 계곡물에 흐르게 한 건 당신인가 나인가. 그건 비스듬함이 아니고 그건 빼뚜름함이고 그건 연의 허리이고 그건 부러진 각도기고 그건 유연함이고 그건 뾰족함이고 그래서 당신이 물이었는지 내가 돌이었는지 헷갈리는 사이 어느덧 낮 12시를 가리키는 시계. 그래서 끝인가. 그래서 끝일까. 누가 먼저 말했나, 끝. 왜 아무도 말 안 하나, 끝. 끝을 말하면 끝인 거고 끝을 말하지 않으면 끝이 아닌 건가,

끝. 끝은 이상하게 끝이라고 말 안 하지, 끝. 가만히 두고
나 보지, 끝. 기다리는 것과는 다른 의미의 팽개쳐놓음의,
끝. 그 글자 모양새가 중식도를 닮아 끊고 빻는 데는 하
여간에 선수인 것 같은, 끝. 이쯤 해서 우리에게 온 건가,
끝. 이쯤 하니 우리의 이름인가, 끝. 선을 긋느라 자주 쓰
인 칼끝에 이르다 싶은 녹이 슬어 있었다. 아무렴, "부지
불식간"이라는 제목을 달아야 완성이 될 시가 아닌가 싶
었다.

크게 느끼어 마음이 움직임
── 곡두 18

　미주알이 빠져 미주알을 넣어주는 병원에 가니 의사 이름이 김태형인 거라. 아랫도리 까는 게 끝이 아니고 아랫도리 까는 게 시작인 데다 모로 누워 무릎을 턱에까지 붙이고 공이 될 요량으로 콩처럼 몸을 마는데 느낌 좀 이상할 겁니다, 쑥 하고 들어가요, 자자 숨 참으시고, 금방 끝납니다, 네, 끝났어요 하시는데 순식간에 오므린 입처럼 쫀쫀한 아랫도리인 거라. 소의 볼깃살이라 할 그 살점이 대체 뭐라고 앉으면 풍선처럼 터질세라 서면 바지 밖으로 삐져나올세라 어찌어찌 모범택시 불러 서교동 SC제일은행이 1층에 자리한 병원 건물에 내리기는 하였으나 새삼 내가 여기 왜 왔나 이제 와 능청이나 떨고 싶은 거라. 개업한 친구 남편 병원에 뭐 책잡을 비뚤어진 액자라도 없나 째진 눈의 아내 친구처럼 사정없이 두리번거리기나 하는데 책상 위에 피케티 얼굴을 띠지로 두른 『21세기 자본』이 놓여 있는 거라. 어머 이 책 읽으시나 보네요, 저 다니는 회사의 계열사에서 나온 거거든요, 참 저희 사장님도 이름이 태형인데 성이 달라서 성이 강이긴 한데. 누가 물어봤나 누가 물어본 것도 아닌데 저 혼자 계속 씨부려대는 가운데 시 쓰는 김태형 선배도 불러냈다가 희곡

쓰는 김태형 출판사 제철소 대표도 불러냈다가 프랑스에
서 조향 공부하고 온 김소진 소설가와 함정임 소설가의
아들도 김태형이라며 그 조카의 이름도 불러냈다가 엊
그제 일산 백병원 응급실에 위경련으로 실려 갔는데 유
난히 친절했던 당직 의사 이름도 김태형이라며 누가 시
킨 것도 아닌데 세상 아는 이름 태형은 죄다 불러들이기
에 바빴던 나는 대장항문과 담당의 김태형 씨가 보라는
대로 정지된 화면 속에 시선을 두기나 하는데 그 안 가득
너무 붉음이고 그 한가득 죄다 붉음이라 빨간 토마토 반
갈라 숟가락으로 속 퍼내서 모으면 딱 이 색이라는 둥 믹
서에 빨간 피망 넣고 갈다 잘 갈렸나 들여다보면 딱 이
색이라는 둥 딴청에 능청이나 부리는데 있죠, 너무 피곤
하게 살지 마세요, 과로하면 이거 또 빠집니다 하시는 대
장항문과 담당의 김태형 씨에게 일순 얻어먹은 게 일명
감동이라는 것만 같아 나도 모르게 또 올게요, 곧 올게요,
단골인 철원양평해장국집 나설 때처럼 그리 말하는데 이
리 살짝 덧붙여주시기를, 다행히 치질은 없으세요.

나를 못 쓰게 하는 남의 이야기 하나
— 곡두 19

드라마 보다 자막에 밑줄 그은 이야기

노희경 작가의 드라마에서 김영옥 할머니가
다리 저는 아들이 밤낮 결혼시켜달라고 조르니까
이렇게 말했다.
야, 이 미친놈아,
밭일은 안 하고 밤일만 생각하는 새끼야.

김수현 작가의 드라마에서 이순재 할아버지가
택시로 함께 드라이브 나선 강부자 할머니에게
이렇게 말했다.
창밖 사람 구경혀.
어차피 평생 모르고 살다 갈 사람들이야.

나를 못 쓰게 하는 남의 이야기 둘
— 곡두 20

전단지 보다 크기 그거 소중해서 전단지 뜯어 온 이야기

인천 주안4동 재흥시장에서 키우던 하얀 진돗개를 찾습니다. 잠자고 일어나니 강아지 목줄이 날로 자른 듯 잘려 있습니다. 할머니께서 몇 날 며칠째 슬피 울고 계십니다. 보시는 분 꼭 연락 부탁드립니다.

크기: 유치원 아이만 함.

열하고도 하루쯤 전일 거다
— 곡두 21

선생님
동치미랑 아욱된장국 가져왔어요.
좀 드셔보세요.

쳐다만 보시었다.
느리게 눈만 끔뻑거리시었다.

시간이 갔다.
시간은 가고
우리는 안 가는 것이었다.

다……
먹었다……

입에 귀를 갖다 대니
그리 말씀하셨다.

2018년 7월 29일이었다.

* 2018년 8월 8일 황현산 선생님이 별세했다.

수경의 점 점 점
—곡두 22

"빽빽하고 촘촘했던 것들이 슬쩍 의뭉하고 슬픈 것들에게 자리를 내주고 간 듯 아름답고 쓸모없기를 네가 온통 그러하더라⋯⋯"그래주니 대낮에 막걸리 몇 통을 비울 수밖에요⋯⋯ 거나하게 취해서는 구두 양손에 들고 맨발로 아파트 14층까지 계단을 걸어⋯⋯ 내 집 아닌 누구의 집도 아닌 그 먼 집에서 누구세요? 아 누구네 집 아닌가요? 죄송합니다⋯⋯ 올라갈 때의 행방은 왜 내려올 때면 불명이 될까요⋯⋯ 휘청휘청 현기증 짚기 허적허적 허방 딛기⋯⋯ 살이 오른 꽃들에 허리 휘는 가지처럼 유연한 몸의 곡선을 섬기고 싶은데 그걸 모르겠어서 그저 눈물만 났던 오늘⋯⋯ 지겹다는 느낌이 슬픔인 걸 알아버린 오늘⋯⋯ 언니가 멀리 있어 언니에게 부릴 수 있는 엄살⋯⋯ 언니가 가까이 있으면 내게만 부리고 말았을 몸살⋯⋯ 언니는 왜 내게 슬픔을 온몸으로 입어라 해서 이렇게 날 슬프게 할까⋯⋯ 딱히 힘에 부치는 일이 있어서가 아니라 봄이어서 봄인 탓에 언니에게 부렸을 투정⋯⋯ 봄이 전부여서일까 봄만 빼고 전부여서 그랬을 것도 같은데 그건 다 언니가 가르쳐줘서 내 안에 허용하게 된 말줄임표 때문이라고 떼를 쓴 적도 그러고 보면 있

었다 언니야…… 마침표라는 땅. 쉼표라는 하늘, 그 사이
에 온전치 못한 우리니까 해보다 아니면 말든가 만나보
고 아니면 헤어지든가 할 수 있는 능동의 자유로움이, 그
천진이 우릴 시인이게 하는 걸 거라고 맘껏 찍게 했던 점
점 점 여섯 개…… 교과서대로라면 그다음에 마침표 찍
는데 교과서대로가 아니라서 나는 그다음에 마침표 안
찍는다 언니야…… 점 하나에 추억과 점 하나에 사랑과
점 하나에 쓸쓸함과 점 하나에 동경과 점 하나에 시와 점
하나에 언니, 언니* 언니야…… 혼자 갔을 먼 집에서 검
은 바둑돌로 눈 두 개 코 하나 입 하나 귀 두 개 놓아가며
먼저 놀고 있어라 언니야…… 그거 동그라미 그리려다
무심코 그리다 만 얼굴로 배지 만들어 내 오늘 가슴에 달
았으니 뾰족하여라 배지의 핀이여 넘어지면 찔려버릴 심
장이기에 꼿꼿하게 직립하게도 만드는구나 언니야……
나는 귤 박스를 앞에 놓고 귤껍질을 벗기는데 한 번에 열
두 알도 족히 먹었던 귤인데 나는 먹지 못하고 나는 알지
못하고 나는 알려고도 하지 않고 나는 먹을 수도 없어 귤
의 껍질을 벗겨 한 짝만 남은 한 짝의 커피색 스타킹에
다가 귤껍질이나 모으는데…… 향이네 언니야…… 향이

라서 피워 나누고 향이니까 피워 가진다 언니야…… 사
람들의 수다스러운 음성 무엇 하나 접시에 담아다 줄 수
없으니 나 혼자 가진다 언니야…… 욕조를 채워가는 뜨
거운 물속에 던진 망 귤 망 퍼져가는 망 맺히지 않는 망
잡히지 않는 망의 망 속 물을 낚아채는 손 물도 꿰맬 수
있는 어리둥절한 사기…… 밤새도록 여린 짐승 하나가
창밖에서 서성거리기에 성냥에 불을 붙였는데 커져서
는…… 번져서는…… 더는 쓸 수가 없겠다 언니야……
침침해서……

* 윤동주 「별 헤는 밤」의 변주.

모르긴 몰라도
— 곡두 23

2018년 11월 9일 오늘 진달래나무 카페에서
일러준 생년월일로 사주와 주역을 보았어요.
다 얘기하라 해서 다 얘기합니다.
얘기한 거고요.
마지막으로,
민정 씨는 병진년 윤달생입니다.
윤달은 손 없는 사람들이
그때 무덤도 옮깁니다.
즉 윤달생을 통해 주검이 오가면
탈이 없고 좋습니다.

즐거운 일을 네가 다 한다
— 곡두 24

민정아 하셨다.
네 하였다.
보리다 하셨다.
네 하였다.
고양이다 하셨다.
네 하였다.

어쩔 수 없는 건
어쩔 수 없는 거다.
겪은 것들을 좀 생각해라.

시간 나면 여 와서
며칠 있다 가거라.
아무 생각 안 나는 시간이
필요하다.

즐거운 일을 네가 다 한다.
숨 쉬어가면서.
뭐 드러 급하게 하냐.

한 박자 늦춰가면서.

봄이니까.
꽃 피잖아.
바람도 불고.
새도 울어.

민정아 천천히 일해라.
성질대로 하지 말고.
서둘 것은 없다.
대략 알면 된다.
책이 중헌 게 아니다.
알았쟈?

거미줄만 보러 다닌다 하셨다.
네 하였다.
김용택 선생님은 전화를 끊고
거미줄을 보러 또 나갈 거라 하셨다.
네 하였다.

철규의 감자
— 곡두 25

철규가 거창에서 감자를 보냈다 했고
내가 인천에서 감자를 받았다 했다
그 감자의 신묘함이라 하면
철규가 보냈다는 그 감자를
철규도 본 적이 없고
내가 받았다는 그 감자를
나도 본 적이 없는데
우리 서로 그 감자를 두고
별거 아니에요
별거 맞던데 뭐
아는 척을 마구마구 한 일

먹어봤니?
아니
만져봤어요?
아니

하여튼 간에 시인들이란
말이 앞서

말만 앞서
그래 감자 심는 거나 아나?
아니 모르지

농사 안 짓는 인천의 우리 엄마가
찌니 아주 포슬포슬 맛 좋다고
까만 비닐봉지에 나눠 보내며
농사 안 짓는 파주의 내게
맛봐라
거창의 철규 어머니가 농사지어 보낸 감자라

세어보니 열세 알
어머니 둘은 아는 이 감자
나는 이제 보는 이 감자
어머니들은 다 아는 이 감자
철규는 아직 못 봤을 이 감자

열세 알 감자가 든
까만 비닐봉지 배를 반 갈라

조리대 위에 훤히 벌려놓고
파를 썰다가도 힐끔
컵을 씻다가도 흘끔
마른손이거나 젖은 손일 때도 꾹
눌러보는 관심사는 단단하기가
플라스틱 지우개라

연둣빛 감자의 싹수가
두어 달 지나니까 움을 터
군데군데 움튼 이 감자의 쓰임을 두고
철규와 얘기나 해볼까 하는데 문득
철규는 다리에 털이 많을까
그게 왜 궁금해지더냐 말이지

엄마, 철규 다리에 털이 많을까
그걸 철규 씨한테 묻지 왜 나한테 묻냐
아침부터 털털거리지 말고
털이고 자시고 간에
더 썩히지 말고 싹 다 파내서

된장에 남은 감자나 썰어 넣으라고
국으로나 끓여 먹으라더니
엄마는 전화를 뚝 끊고

이왕 이렇게 된 거
철규에게 물어나 봐야지 않을까
여하튼 간에 시인들인데
다리에 털 많은가 털 없는가
그걸 묻는 게 죄라면
단박에 나는 수갑 차고 말 누나라지만

준이의 양파
— 곡두 26

준이가 트렁크에 양파를 싣고 왔다는 말. 나누자는 양파라는 말. 나눈다는 양파라는 말. 트렁크를 열어 함께 양파를 보았다는 말. 연준이도 머리를 숙여 함께 양파를 보았다는 말. 큼지막한 신고배 같은 양파라는 말. 상자 그득그득 빼곡한 양파라는 말. 나는 다섯 알만이라 하던 연준이의 말. 더 갖고 가 이것아 하던 나의 말. 됐다 장 제부 먹여 하던 나의 말. 트렁크를 열었을 때 생각보다 덜했던 매운 내가 뒷좌석에 앉았을 때 생각보다 더한 매운 내여서 바람이 불어 그런가 하는데 언니 파주가 너무 좋은 게 파주는 나무들이 짐승처럼 자라요, 하던 연준이의 말. 커 알이 좀 컸어 크더라고 들어보니 무겁고 고른 사이즈야 전화로 양파 얘기를 하니까 파주 롯데아웃렛에서 쇼핑하다 전화받고는 양파는 안 싣고 쇼핑백만 싣고 가며 너 또 썩힐 텐데 썩혀 버릴 텐데 하는 엄마의 말.

누나 이 중에 한 개의 무름이 있어요. 한 개의 무름은 모두를 무르게 하는 무름. 무름은 부름. 흰색 발가락 양말을 신은 퀵 서비스 아저씨 샌들 보다 웃음이 나 양파 박스 떨어뜨릴 뻔한 부름. 저는 만수동이 집이니까 학익동

62

가까워서 신고 가는 기분이가 아주 좋습니다 하시니 나
도 내가 좋아지는 부름. 금요일 퇴근 시간대라 막힐 거니
너무 서둘지는 마세요 착한 안주인 코스프레로 나 아는
사람은 눈 흘길 게 빤한 내 말의 부름. 한 시간 두 시간 파
주에서 인천까지 출발한 지 세 시간 반이 지나도록 도착
하지 않는 영문 모를 양파의 부름.

　아저씨 어디세요? 수원 가는 길인데요. 인천 가시는
거 아니세요? 아 맞다, 양파! 수원 가는 큰 콜이 들어와
서 인천에 당장은 못 간다는 지경. 인천이 집이라더니 집
에 안 가실 거냐니까 내일 가도 된다는 지경. 그럼 내 양
파는 어쩌란 말이냐니까 내일 밤에 갖다 주면 안 되겠
냐는 지경. 무르기 시작한 한 개의 양파가 있어 나는 절
대로 안 된다는 지경. 양파가 싸니 양파값을 물어주면
될 거 아니냐는 지경. 양파가 싸도 그 양파는 그냥 양파
가 아니라는 지경. 그냥 양파가 아니면 금테 두른 양파냐
며 신경질을 버럭 내는 지경. 그건 준이가 사 준 양파라
는 지경. 난데없이 준이가 누구냐는 지경. 박준이라는 시
인이 이고 온 세상에 하나밖에 없는 양파라는 지경. 듣고

듣다 세상에 없는 양파가 있다는 얘기는 도통 들어본 적이 없다며 되레 성을 내는 지경. 퀵 서비스 센터에 항의하고 나 그런 몰상식한 여자는 아닌데 화나면 나도 날 몰라요 입을 다물어버리는 지경. 나는 집 안에서 아저씨는 도로 위에서 침묵의 양 끝을 팽팽히 당기고 있는 지경. 나 그렇게 양파 떼어먹고 그러는 사람 아니라는 지경. 알아요 아는데 양파 박스 안에 한 개의 무른 양파가 있다는 지경. 어쩐지 양파 냄새가 솔솔 나긴 했었다는 지경. 다마스 안에 페브리즈 있냐고 묻고 있는 지경. 좌우지간 자정 넘어 도착일 텐데 새벽이 될 수도 있을지 모른다는 엄포의 지경. 어처구니없지만 오기를 부리게 하는 지경. 양파값이 얼마인데 기름값도 안 나오겠다며 툴툴대는 지경. 때와 장소를 안 가리는 적반하장의 지경. 알았다더니 끝내 내일이 아니라 반드시 오늘일 필요가 있겠냐고 한 번 더 묻는 지경. 내일은 내일이고 오늘만 오늘이라고 끝내 한 번 더 답하는 지경.

퀵 비 기본 4만 원에 팁 5천 원 얹어서 4만5천 원이었는데 양파 한 상자의 값을 알지를 못하니까 더없이 당당

해지는 요지경. 준이의 양파 한 알에 퀵 비에 전화비를
비율 대비로 계산하려니까 그 계산이 사라지는 요지경.
엄마가 준이의 양파고 우리 집 양파고 있는 양파 다 썰어
서 양파장아찌를 담글 참이라는데 준이도 좀 줘야 되지
않겠냐고 해서 나는 연준이도 줘야 한다니까 그럼 과실
청 담글 때 쓰는 락앤락 숨 쉬는 밀폐 유리병 0.5리터짜리
한 열 개 사서 집으로 보내라니 배보다 배꼽인 요지경.
일단 맥주 한 잔은 마시고 나야 조갈증 달래고 주문도 하
게 생겨서 냉장고를 여는데 준이가 전북 임실 절호수 농
원에서 주문해 보내준 1리터짜리 고추장과 1리터짜리 된
장이 바로 보여 나는 고추장 뚜껑을 열고 맥주 안주로 집
어든 김부각을 거기 푹 찍어 씹는데 바삭하니 준이의 양
파장아찌도 아삭하겠지 싶어 미리부터 청양고추도 장바
구니에 담아두는데 왜 엄마는 새벽 2시가 넘어 양파 써
느라 울면서 웃는 째진 눈으로 콧물 흘리는 요지경 속에
있나. 이거 봐요 민정 엄마 콧물 닦아요. 전화 너머로 엄
마 코에 휴지 대주고 있다는 아빠는 뭐 하냐니까 이 오밤
중에 칼을 갈고 있다는 요지경. 엄마 손 말고 양파 속 잘
썰리라고!

그 들통
― 곡두 27

장석남 시인이 형과 둘이 나무를 해다
산속에 작은 집* 하나 지었다 해서
슬렁슬렁 가보게 된 셈이다.

닿고 보니 컴컴하고도 깜깜함이
무인지경만 같았는데
개가 있었던 것도 같고
그 개가 없었으면 하는 데는
아무려나 들통
그 들통이
내 손에 들려 있기도 했거니와

푹푹 고더라고
찌그러지고 우그러진 들통에다
엄마가 새벽부터 내내 끓이더라고 그
들통
여럿이들 밤부터 아침까지 퍼 먹더라고 그
들통
아무려나 들통

그 빈 통을 가져간다니까
웬만하면 놓고 가라 하고
왜 안 갖고 왔냐 해서
놓고 가라 했다니까
별나라 그 못난 걸 어따 쓴다니 하고

10년도 더 지난 얘기임서도
들통 안 준대?
여적 되묻는 것이 강화도 여자인 엄마고
그 들통 버릴 리는 없고
어디 골동품이 되어 있으려나?
여적 답하는 것이 덕적도 남자인 시인이고

그 들통을 섬처럼 드문 멀리에 두고
안부를 묻는 새로운 방식이다 할 적에
인천 섬것이나 꼭 인천의 섬것만은 아니다 하는
두 사람의 말본새는 용케도 닮은 데가 있다.

* 시인은 그 집을 용슬재라 한다.

다른 이상함은 있다
── 곡두 28

"개새끼 못 잊어"*라 하셨는데 나는
"못 잊어 개새끼"를 제목으로 올려 붙였다.

저녁참으로 만둣국을 끓여 먹고
개수통에 담아둔 놋대접 위로
수전에서 물이 뚝뚝 떨어지고 있었다.

며칠 그러했는데 그대로 놔둔 참이었다.
저 스스로는 도저히 소리를 못 내는
물방울
작금의 내 저간에서 들을 방도는
수전을 덜 잠그는 일 말고는 없어서
객기일지언정 그 헐거움의 미덕
써보면 알리라 가만히 지켜보던 참이었다.

책상 위 스탠드를 끄지 못한 채로
책상 아래 스탠스를 1도 두지 못한 채로
잠이 들어서는 두 다리가 저려서는 그래서는

김민정 씨, 나 최승잔데요.

나 최승자라고요.

내가요, 책을 읽고 있었는데요……

전화기를 들고 벌떡 깨어나서는

쌀뜨물같이 뿌옇던 유리창을 바라보고서는

개수통 밖으로 넘쳐흐르던 개숫물

수전부터 왜 잠갔는지는 알 수가 없어서는

* 최승자 시집 『즐거운 日記』(문학과지성사, 1984) 속 「Y를 위하여」에서.

베이다오北島
—— 곡두 29

그의 시집 한 권을 챙겨 온 것이
그에 대한 앎의 전부였다.

"비겁은 비겁한 자들의 통행증이고
고상함은 고상한 자들의 묘비이다"로 시작하는
그의 시 「대답」 군데군데에 밑줄이 그어져 있는
그의 시집 『한밤의 가수』*에서
"꿈이 거짓임을 나는 믿지 않는다
죽으면 보답이 없다는 걸 나는 믿지 않는다"에
또다시 밑줄을 긋는 내가 그를 맞는 전부였다.

중국 푸젠성 샤먼의 섬 구랑위
2016 International Poetry Festival에 그가 섰다.
무대 위에 선 그에게 조명이 쏠리자
무인도도 아닌데
일순 그 말고는 숨 쉬는 이가
이 섬에 하나 없는 듯했다.

중국에서 태어난 그가

이제는 홍콩에서 산다는 그가
간만에 중국으로 왔다는 그가
시를 읽는다,
제 시를.
자막에 그의 시는 없었다.
다만 그의 목소리가
그의 전부를 다하였다.

나는 못 알아먹었는데
내 두 손은 알아먹은 듯
오른손과 왼손이 절로 깍지를 끼는 합함으로
기도하는 한 손이 되는 연유.

그 이유를 설명할 길 없는 나는
공연히 하늘이나 올려다보는 여유.

들리는 저 시가 읽히는 이 시가 아닌들
"새로운 조짐과 반짝이는 별들이
훤히 트인 하늘을 수놓고 있다" 하니

당연히 별을 세는 데서 깊어지는 사유.

분교가 전부인 마을처럼 우리는 좁아지고 있었다.
우리는 좋아지고 있었다,라고 말하지 못한 건
그 순간 손에 들고 있던 그의 시집 면지에
'2016년 10월 23일 밤,
내가 혼자 아는 이 작은 큼'이라 써뒀어서다.

한 박자 쉬고 두 박자 쉬고 세 박자 마저 쉬고
하나 둘 셋 넷 할 때 이 감정의 분분함.
지극히 없던 상냥함이 쌔고 쌔져서
지극한 상투어라지만 나는 그 밤
셰셰를 얼마나 흘리고 다녔는지
셰셰 하나는 퍽 잘하게 되었다는 말미다.

* 배도임 옮김, 문학과지성사, 2005.

감삼ᅤ三 사는 제이크
— 곡두 30

1
미국에서 온 시인 제이크는
계명대 문예창작학과의 초임 교수
미국에서 와 한국 시 번역도 하는 제이크와
계명대역에서 지하철을 함께 탔는데
감삼에 산다고 했다
제이크는 감삼역에서 계명대역까지
수업이 있는 날마다 오간다고 했다

미국에서 태어난 제이크나
한국에서 태어난 나나
공평한 것이 감삼을 몰라
감삼이라는 네모 받침에 갇혀
맥없이 가나다라 연습이나 해보는데

각삭이라 했다 간산이라 했다
갇삳이라 했다 갈살이라 했다
갑삽이라 했다 갓샷이라 했다
강상이라 했다 갖샂이라 했다

갖샀이라 했다 갖샀이라 했다
같샀이라 했다 갚샀이라 했다
갖샀이라 했다 감 하나 띄고 삼

발음마다 어떤 차이가 있는 건지
I don't know
정말이지 너무 피곤한 한국어야
누나 감삼이면
감을 산다는 뜻이야?

달 감에 석 삼
단 감 셋이면
달겠지 달까나? 나는 떫은데

석 삼은 알지?
달 감은 못 쓸 거야
나도 한자는 내 이름 석 자나 그린단다

2

미국에서 온 시 쓰고 번역하는 제이크와
파주장단콩축제에 가기로 했다
파주는 콩이니까
파주는 메주니까
홍어 다음으로
제이크는 청국장을 좋아하니까
파주에는 지하철이 없단다
그래도 걱정은 말렴
버스 한 방이거든
파주장단콩축제 현수막 붙인 버스는
죄다 임진각 가거든
임진각에서 북한 보이냐고?
보이겠지 보일까? 보인다던데
나도 임진각은 처음이거든
참, 너 그거 들어봤어?
경상도사투리말하기대회란 게 다 있더라

제이크의 문자
— 곡두 31

누나 질문 있어
너 시 「망종」 번역하면
Planted by Man Trash
그거 쓰레기 남자야?

몰랐는데
아주 몹쓸 종자란 뜻도 있었다.

이십사절기의 하나.
소만小滿과 하지夏至 사이에 들며
이맘때가 되면 보리는 익어 먹게 되고
모를 심게 된다.
6월 6일 무렵이다.

알려주니 제이크는
Cherry Season을 제시했다.

만나는데
닿지는 않으니까

묘하게 더 커지는
그런 아랫도리 기분.

누군가 내게
시 번역에 대해 물었을 때
정의의 비유랍시고 그리 답한 내 말.

네 말은 모르겠고
제이크,
너 주려고
윷은 사두었거든.

도 개 걸 윷 모.
돼지 개 양 소 말.

동물 농장 아니거든.
윷판이거든.

너 아니면 도고,

너 덕분에 모고.

누군가 내게
시 번역에 대해 물을 때
비유의 정의랍시고 그리 답할 내 말.

네 말은 모르겠고
제이크,
이건 또 아는구나.

도는 그래 면피 같은 것.
모는 가만 쌍피 같기도 한 것.

화투 갑도 한데 넣어 줘봐야겠네.

공부하는 제이크는
무엇이든 공부해야 마땅할 교수니까.

잘 줄은 알고 할 줄은 모르는
어떤 여자에 이르러
— 곡두 32

의사는 더 진중해지고

여자는 더 자발맞아지고

의사는 모으고

여자는 조각내고

의사는 나아가고

여자는 주저앉고

그래서요

그래서일까요

의사는 궁금한 게 아니라

궁금한 척이고

여자는 오줌 마려운 게 아니라

오붓하고 싶은 척이고

의사는 말하라 하고

여자는 그린다 하고

그려보니

4층 옥상에 심은 공작단풍나무 아래

발가벗은 채로 웅크려 앉은 아이고

네가 사 준다 하더니 안 사 줘서 결국

내가 사 입은 슬립은 어디 갔냐 하면

슈퍼맨 망토처럼 내 목 뒤로 내가 묶은 뒤고
살짝 여유가 있어 걸면 걸릴 거라
내가 걸릴 데를 내가 찾는 이 배려는
나무야 부러지면 너한테 미안하니까
다이어트를 부르짖는 당위가 되고
개미들 기어들어 거기로 내 거기로
떼를 지어 오글오글 내 거기가 따갑다고
씨발 꺼지라니까 이 개미 새끼들!
후지지 참 내가 꼬진 거 다 아는데
이렇게 작은 지랄들이 지지고 더 지져낸다니까
개미들이 뭐라고 근데 그 개미들이
뭐긴 뭐거든 그렇거든 그리고 이젠
내가 먼저 짓밟을 차례거든 더 이상 나는
내 어깨가 니들 엉덩이에 깔리도록
그날처럼 가만있지만은 않을 거거든
나는 컸어 나는 더는 어리지도 않아
골무를 끼고 내 속을 후비고 싶다고 했지
그럼 내가 덜 아플 거라고
그럼 니들 손은 더 깨끗할 거라고

80

때가 탄 골무는 빠나

살 벗겨진 골무는 버리나

일상과 망상 사이

골무만 보면 쭈뼛쭈뼛하다가도

골무만 보면 또 환장을 하는 게,

고우니까

곱다고 색색 그거

길 건너 한복집 언니네 가게에서

꼬깔콘 먹는 시늉하며 훔쳐냈던

색동 입힌 골무도 내게 아직 있지

못 버리지

어떻게 버려

기억인데

기념 아니고

기록이어야 해서

통영 나전 반짇고리

중요무형문화재 제10호 송방웅 선생 거

사 달라고 그래서 조르는 건데

모이니까

모을 수 있으니까 그럼

꺼내 볼 수 있으니까

안 잊으려고 절대

안 잊히려고

가만두지 않는 게 아니라

가만히 두고 보려고

보면 볼 수 있음으로

이기니까

그 골무와 이 골무는

태생이 다르다는 걸 아는

덤덤함을 덤으로,

이겨왔지

무던함의 무덤

그 둥글넓적한 얼굴로

자랐구나 잘 다 컸구나 너

그럼 니들만 자라고 나는 주냐

말 걸지 마라 입냄새 지독했으니까

쪽가위로 잘라내고 싶은 입이었으니까

죽으로 니들 주둥이들 닥치고 있어라

분다 니들 불까 니들

작은 개미여도 끼리끼리 날 무니까

날 무는 개미만 찾아 죽이는 집요 속에

내 거기를 물었던 너와

내 거기를 물렸던 나는

그렇다고 불구대천지원수까지 될 건 뭐니

국으로 약이나 타 먹게 된 사이라면

그건 뜻밖의 동지이고 환상의 파트너라

두고두고 남을 관계라는 흐뭇한 결말인데

그래서 그저 약이면 된다는 흔쾌한 결론인데

어차피 줄 거면서 느물느물 쥐고 안 놓으려 하니까

나는 진료실 밖으로 나가자마자 파주 안 가고

거기 어디냐 홍콩이나 마카오 가잘 사람처럼

즉흥이라는 불균형의 식성을 자랑하고 있는 건데

식빵 한 장 위에 태양초 고추장 5백 그램짜리

네모진 통의 반을 퍼서 처발라 먹는 맛

별점은 별 하나의 반도 아까워 색 안 칠할 맛

무맛 맹맛 병맛 느낌은 흐느낌

폭식은 누가 가르쳤냐면

내가 깨우친 행동이고
내가 처음으로 취해본 적극성이고
먹어 조질 때의 쾌, 그 쾌라 하면
나는 이쾌대 상쾌환 다음에 꼭
박팽년이 오더라고요 이 선회
급선회 나한테 요 선회라 하면
연회라는 이름의 우리 아빠랑 항렬이 같은
안동 김씨 족보 속 아재일 것인데
그 집 아들 셋 중 둘째를
우리 집 양자로 들인다던 개수작들
종친이랍시고 우르르 몰려와서는
우리 집에서 우리 엄마가 차린 술상들
받아 처먹으면서 씨부리던 말들
우리 할아버지도 아닌데
우리 엄마를 무릎 꿇리고
우리 할아버지도 아닌데
우리 아빠에게 삿대질을 해
네 사주에 아들 없으면
네 각시라도 대신 나가 아들을 낳아 오든가

한쪽이라도 피는 이 집 피 아니겠냐

말이면 다인가 하는데

말이면 다인가 보는데

기어이 내뱉는 거지

밑도 끝도 없는 무지렁이 훈계를

피피거리는데 정작 무슨 형인지 아실까

그 혈액형 모르고 오로지 그 피만 운운인 게

젯밥 너 하나 못 먹어서 끝나는 게 아니야

그 잘난 고추 하나도 못 뽑을 거면서

저 천하에 쓸모없는 계집애들만 주렁주렁

다 어쩔 것이여 살림 들어먹을 년들

시방 혀 차기도 아깝다니까 쯧쯧 하시니

우리 할아버지도 아닌데 저 곰방대 할배

검은 갓 쓰고 옥색 두루마기 입고 와서

검은 갓 벗고 옥색 두루마기 벗고 나서

졸라 드시는 거죠 촵촵거리면서

저 같잖은 말도 말이라고 저 입에다가

아귀수육하고 민어 살 뜨고 육전 부치고

소갈비 재고 게장 담그고 새우 튀기는

엄마는 미쳤어 엄마는 미친 거야
그래 나 미쳤다 미쳤으니 네 아빠랑 살지
감 깎는데 양자 새끼 이 집에 들이기만 해봐
내가 이걸로 눈 다 후벼버릴 거야
엄마가 아끼던 소반 끄트머리를
닭작닭작 과도로 긁어대는데 소리 좋아
연필도 아니고 지우개도 아니고
도루코 문구도 새마을 칼만 사서 모으던
5학년 6반 63번 김민정 어린이는
발뒤꿈치 벗길 때 말고는 귀찮아서
깎아 먹는 과일은 사지도 않아가며
칼보다 칼집 모으는 마흔넷 김민정 언니로
뭐든 매달고 거는 취미로다가 오늘도 바쁜데
어느 날부터는 하도 징징거려
깨진 징 몇 개를 얻어 걸었지 뭐예요
그랬더니 그 즉시 고요 너무 고요 완전 고요
도망은 엄두도 못 내고 엄포도 못 놓을 고요
징채로 머리통을 맞은 것도 아닌데
의사가 나를 빤히 쳐다보는 거지

나는 1인극 배우처럼
그 배우의 유일한 연출자처럼
즉흥인데,
아무도 안 볼 연기를 하는 거지
와이프가 혹시 현악기 안 하세요?
울림통인데 흠흠 나무 냄새 나는데
탄탄한 줄 몇 가닥 터진 굳은살인데
뭐 비올라 전공이기는 합니다만
내게 징을 준 건 김운태 선생님이신데
일명 자반뒤집기의 대가시거든요
자반…… 뭐요?
아 모르시는구나
상모돌리기 보면 완전 지리실 텐데
하루 세끼를 위해 하루 천 바퀴를 도는
회전의 대가라고나 할까요
사람이 공중회전을 해요
우주 비행선처럼 제 몸을 띄워요
뜸요 아니
그 뜸 말고 그 뜸요

뜸을 뜰 때의 내 기분이란 게 있으니
뜸도 기분이란 게 있겠죠
우리 평생 그 뜸을 알고나 죽을까요
죽으면서 떠봤자 입이 없는 뜸이잖아요
뜸을 뜨고 뜸이 드는 그 두 뜸도 좋은데
앞 뜸이 더 좋다니까 혈액순환장애래요
스물셋에 속발성 무월경으로 근 7개월
피 안 흘려본 달 있었는데
피 나오는데 이 닦고
피 나오는데 맥심에 프림 넣고
피 나오는데 비빔냉면 비비고
피 나오는데 수금하러 신세계백화점 가고
피 나오는데 하이힐 사고
피 나오는데 선 자리에서 빙수 쏟고
피 나오는데 인상이 좋아 보이십니다에 팔 잡히고
피 나오는데 서울역 계단에서 구르고
피 나오는데 지하철에서 졸고
피 나오는데 집에 와 장구 치고
피 나오는데 아빠가 내 발톱 깎아주고

피 나오는데 얼굴에 요구르트 팩 하고
피 나오는데 일기 쓰다 책 읽고
피 나오는데 통화하다 잠들고
피 나오는데 가위에 또 눌리고
근데 나는 또 뜸을 이렇게나 잘 참는다니까요
배꼽 여기 위에 살색 붉은 거 보이시죠?
다 뜬 뜸 안 건져서 자국으로 남은 뜸요
아 내가 왜 갑자기 여기서 배를 까고 그럴까요
죄송합니다 선생님 다시는 안 그럴게요
그러니까 일주일 치 약 더 주세요
출장이 열흘이라니까요 정말이라니까요
아껴 먹을게요 한 번에 안 털게요
하도 징징대서 그랬을 거야 안 주고는
못 배길 만큼 연기가 탁월해서 그랬을 거야
차 안에서 보는데 깜짝 놀랐다니까요
큰 베개 하나 품고 나오시는 줄 알았습니다, 누님
약을 큰 품에 안고 나오실 줄은 몰랐습니다, 누님
병원까지 날 데려다준 홍보부 이천희 대리가
회사까지 날 데려다주기로 한 이 대리가

그렇게 신이 나세요? 멀리서 봐도 너무 환하셔서요
약이란 게 그렇게나 좋은 겁니까? 묻는데
어, 하는 거야 내가
너무 어어, 하는 거야 내가
멀리서 봐서 그래
멀리서 보면 다정들 하잖아
네?
그러니 잡지를 말아야 해
행여나 닿지를 말아야 해
잡고 싶으면 놓아야 하고
닿고 싶으면 달아나야 해
누님?
나는 벌받을 거고
나는 죄받을 거야
누님, 갑자기 무슨 말씀이신지
저는 그저 운전수로 따라왔을 뿐인데
왜 저한테……
네가 오늘 재수에 털 난 날이라 그래
내가 그날 거기에 털 난 날인지 몰랐던 것처럼

있지, 천희야

화는 참아지는데

억울함은 왜 못 참아지는 걸까?

내가 안 참는 걸까?

참으면 병 됩니다, 누님

걱정 마 죽어도 복수는 하고 뒈질 거니

복수가 별거겠어?

끝끝내 죽어라 살아남는 거지

마침내 해내고 마는 거 그거지

가다가 롯데백화점 잠깐 들러주면 고맙고

하이힐 봐둔 거 있거든

내가 모으잖니 그치? 내가 좀 많긴 하지 그치?

귓구멍 같은 데 똥구멍 같은 데 그런

구멍들에다 하이힐 뒷굽 쑤셔 넣고는

쑤셔대는 꿈 나는 왜 그리도 꾸나 몰라

예? 예……

왜 드문히도 난 그렇게 전 부치는 꿈을 꾸어댈까

왜 이렇게 꿈에서 나는 전을 부칠까

전을 어떻게, 좀 사 갈까요?

가자

갈까요?

갈 수 있다면 오죽이야 좋겠니

못 간다고 전해라 근데 그 가수 말이다,

요즘 왜 안 보이는 걸까?

어디선가 노래하고 있겠죠

연예인 걱정은 할 게 아니래요

그러니까 누님 걱정이나 해요

파주에 목욕탕이라도 파주고서 그런 소리 해라

너 어깻죽지에서 때가 얼마나 나오는지 아니?

날개가 돋을 것도 아닌데

딱 날개 자리인 것은 맞는데 말이지

"난다는 것은 여자의 동작"*

이 제목은 정말 멋지지 않니?

왜 나는 이런 제목은 또 짓지를 못할까

「날개」 알지?

날개라 하면 나한테는 가수 허영란이거든

허영란은 〈순풍산부인과〉 허 간호사 아닌가요, 누님?

가수 중에서도 허영란이라고 있어

미국에서 목사가 되었대

"'날개의 허영란'이 이렇게 변했습니다,

당신도 예수 믿으세요.

주께서 베푸신 은혜가 너무도 크고 깊습니다.

복음의 날개를 달고 다시 일어나세요.

어떤 절망 속에서도 주님과 함께라면 일어날 수 있어요.

희망을 향해 날아갈 수 있습니다."**

믿으면 되나?

일어나면 되나?

되면 나나?

나나?

「검은 나나의 꿈」이 내 등단작인데

봐, 여적 나 못 나는 거

* Fi Jae Lee: OI III, 「현생누대, 신생대, 이피세」, 잠실 에비뉴엘아트홀,
   2019.
** 이성원 기자, 「힐링송 '날개'처럼 다시 주님을 위해 날고 싶다」,
   『아이굿뉴스』, 2017년 7월 5일 자.

우리는 그럴 수 있다

—곡두 33

「제비처럼」 들으며 출근하는 3월
「바위처럼」 들으며 퇴근하는 5월
그해 나는 당신을 만났던가.
애무라는 어루만짐이 있었던가.
발소리를 줄여가며 살금살금
침대 밖으로 걸어 내려오다 밟은
새끼발가락의 주인이 당신이었던가.
하물며 내 가운뎃발가락이었나.
부분과 부분이여.
전부가 부분일 수 없는 부분이여.
떨어져 죽은 새인가.
죽어 떨어진 새인가.
제 날갯죽지를 이불처럼 덮은 채
감아버린 작은 새 한 마리의 눈과
그 두덩이의 꾀죄죄한 작음이여.
새끼손가락 끝으로 괜히 건드려서는
동동 구르게 된 건 내 발인데
못 썻고 있는 건 내 손일 적에
박제하지 아니하여도 알게 하는

차분한 차가움의 온도여.
여정은 어디로 이어지는 것일까?
멈춤이래도
너는 멈추지 않을 수 있을까?
당신이 갔대도
당신은 당신이 있는 곳으로
어떻게 갈 수 있을까?
내 속의 내가 나는 아니라 할 적에
나는 나일 수 있을까?
사물이 사물 속으로 들어가듯
사물이 사물 속에서 나오듯
감동하지 않고
나는 이제 더 이상
헤아리지도 않는다.

저녁녘
— 곡두 34

1

파미르고원 배후 도시인
카슈가르에서 돌이 왔다.
그 돌을 씻었다.
얼마나 씻어야 돌은
다 씻었다 할 얼굴이 되는가.

칫솔로 돌의 얼굴을 솔질한다.
진한 흙탕이
그리 진하지 않은 흙탕이기까지
돌은 물을 먹는다.
물은 돌로 달아난다.

2

마른 수건으로 닦은 돌을
새 수건 위에 올려놓는다.
돌 씻을 때 끼고 있던
일곱 개쯤 되는 실반지를
그 돌 위에 올려보기도 하였는데

가두는 일로의 원이라는 둥긂에
방울방울 왜 갇히나 싶다가도
새삼 들어와 앉은 심중이란 게 있어
내 배꼽 같은 데가 잘 있나
후비게도 되는 공연함으로
사람을 참 서글프게 만드는 재주가
그 돌에게는 있었다.

3
얼마나 말려야 돌은 애저녁의 돌이 되는가.
돌을 팰 수는 있어도 돌을 짤 수는 없어
드라이어로 살살 말리는 사이
돌에 기우는 궁금함의 곤궁함.

돌이 움켜쥔 물의 무게라 할 때
물이 뱉어낸 돌의 온도라 할 때
저울을 사고 온도계를 수리하는 부지런함
그 바지런함은 왜 쉽사리 부질없어지나.

집으니 손을 데고 잡으니 돌을 놓치는데
검지에 잡힌 물집과 엄지발톱에 든 멍
부풀었는데 쓰라린데
눈금 저울 속 빨간 바늘의 녹슮이여.
온도계 알코올 구의 잦은 깨짐이여.

4

잊으셨겠지만 서로의 집에
데려다주기 바쁜 시절의 연인들.
잊고 싶으시겠지만 서로의 집에서
안 데리고 나가기 바쁜 시절의 연인들.

서로 손을 잡고 잡았다 한들
잴 수 있었을까 서로의 온도를.
서로 등에 업고 업혔다 한들
잴 수 있었을까 서로의 무게를.

5

우리가 떨어뜨린 것도 아닌데

가라앉아버린 돌이 저기 있다.
목욕물 속에 던져진 비누처럼
그럴 흥도 없이
시무룩해져버린 돌이 저기 있다.

저 돌이 아니라 그 돌을 갖고
말마따나 말려보는 재주가
돌의 돌에게는
둘의 둘에게는 필수일지 모른다.
아침녘의 돌은 참으로 차지고
차져서는.

시소 위에 앉아 있는 밤이야
— 곡두 35

엉덩이가 시려 보니 시소 위에 앉아 있는 밤이야. 반
팔 티셔츠에 팬티 바람으로 시소 위에 앉아 있는 밤이야.
정글짐도 있고 그네도 있고 철봉도 있고 미끄럼틀도 있
는데 시소 위에 앉아 있는 밤이야. 건너편에 누가 없으니
세월아 네월아 시소 위에 앉아 있는 밤이야. 건너편에 누
가 정말 없는 걸까 노려보다 시소 위에 앉아 있는 밤이
야. 누가 불러 나왔나 내가 홀려 나왔지 혼자니까 시소
위에 앉아 있는 밤이야. 발에 묻은 모래 털기 귀찮으니까
모래 속에 발을 더 파묻어가며 시소 위에 앉아 있는 밤
이야. 어느 밤 그랬으니까 다신 그런 밤 없기를 하였는데
또 까먹고 시소 위에 앉아 있는 밤이야. 시소 위에 비가
앉으면 치사해서 안 나가던 밤이야. 시소 위에 눈이 앉으
면 더러워서 안 나가던 밤이야. 젖으니까 잘 젖는 나니까
젖으면 다 드러나니까 하늘에서 뭣 좀 온다 싶으면 알아
서 잘도 안 나가던 밤이야. 뭣 좀 오는 거여도 낙엽과 도
토리는 예외니까 늦가을에는 자주 시소 위에 앉아 있는
밤이야. 두 다리 묶어봤자 두 손이 풀기 대장이니 포장용
노끈 박스째 사다 놔도 시소 위에 앉아 있는 밤이야. 두
손 두 발 다 묶자니 당신이 필요해서 당신을 불러다 놓으

면 안 나가던 밤이야. 눈물이 없다더니 눈물이 난다는 당신이기에 맞다 눈물도 물이었지 의리답게 치환하며 안 나가던 밤이야. 어둡긴 보내니까 어둡지 하던 당신이 어느 날 갈아 끼운 형광등같이 환해진 얼굴빛이 되었기에 시소 위에 앉아 있는 밤이야. 이만 가보겠다더니 이민 가겠다는 당신이 "오늘 아침 이 우편물은 1년 후에 배달됩니다. 소중한 추억을 담아 나에게, 사랑하는 이에게 전하세요. ASIA LAKESIDE HOTEL"이라는 흰 글자가 박힌 빨간색 느린 우체통에 엽서를 넣는 사진을 마지막으로 보내왔기에 시소 위에 앉아 있는 밤이야. 장마면 물이 부니까 부으면 물이 살찌니까 안성 청룡사 식수대에서 말로 던지기 좋은 돌 두 개 훔쳐서는 호두알처럼 손에 쥔 채 시소 위에 앉아 있는 밤이야. 어느 절에서든 기와불사 할 적마다 잘못했어요 미안합니다 쓰고 보는 두루뭉술한 착한 척 가운데 끝끝내 당신 이름은 쓸 수 없었기에 시소 위에 앉아 있는 밤이야. 어깨에 거문고를 메고 석모도 보문사 마애석불좌상 앞에 가 연주하다가 경주 괘릉을 지키는 페르시안 무인 석상이 찬 돌칼을 끌인가 정으로 쪼개다 깬 꿈으로 시소 위에 앉아 있는 밤이야. 당신 책상

위 황동 재질의 빗 하나 훔치고 싶은 간질거림으로 후닥
닥 청바지 뒷주머니에 꽂고 나오는데 빗어줄 털 한 가닥
안 남기고 털 싹 다 밀린 개가 있어 시소 위에 앉아 있는
밤이야. 개를 보는데 개를 보는 심정이니 그 여력과 그
겨를로 아이맥스 영화관 360도 회전이 가능한 의자이듯
시소 위에 앉아 있는 밤이야. 달에게는 없고 당신에게만
있는 당신의 없음으로 나는 시소 위에 앉아 있는 밤이야.

끝물과 꿀물
— 곡두 36

침대가 있는데
맨바닥에서 잔다.
속이 있어서다.
속이 없으면
맨바닥도 없는데
침대는 꼭 있더라.

깨지, 깨
— 곡두 37

신종 인플루엔자 A형
그것도 고위험군 환자로 분류되었을 때
나는 환호성을 질렀다지
마스크 없이는 안 될 테니까
그 마스크
어떠한 자리에서든
꽤 도톰한 입마개로
내 얼굴의 절반을 잡아먹을 테니까

새 옷에 붙은 가격 태그를 떼고
새 옷을 처음 몸에 걸쳤을 때
그거 알지
널따란 어깨가 일순 좁아드는 느낌
그럴싸하게 돈을 걸친 느낌
그거는 근데 모를 거야
쓰던 마스크를 벗고 새 마스크를 쓸 때마다
어떤 통증도 없이 아주 균일한 각도로
양 턱선이 나사못처럼 깎여 나가는 느낌

당나귀처럼 매일 아주 조금씩
귀가 자라는 기분
자라고 자라다 더는 안 자랐을
발 사이즈가 완성되는 기분

귀가 커지니까
마스크 두 귀퉁이가 참도 수월하게 걸린다
그러니까 어디 걸 데가 있다는
팽팽한 당김의 현수막처럼
입이 없으니까
결국 제자리에 단단히 박히고 말
뾰족한 얼굴의 빗살무늬토기처럼
난생처음 포토제닉하다는 평도 듣는다

턱도 없으면서
노래할 사람이 턱없이 많다는 안도
지팡이도 없이 구부정한 어깨로
귀에 이어폰을 꽂은 채 서서 가는 당신들에게
노래하는 당신들의 위로란 이른바

깨지,

깨

이른 새벽 지하철역 계단에서 곱은 손으로들 파는

2천 원짜리 김밥 속 너무 자잘해서 슬픈

깨들

등은 있고 얼굴은 없는

9호선 당산역 48미터짜리 에스컬레이터

얼굴은 있는데 등은 없는

9호선 당산역 48미터짜리 에스컬레이터

오르락 또

내리락 또

그것이 고장일지는 긴가민가하다만

귀가 귀 가
— 곡두 38

여전히 일본의 어떤 남자들은 스모용 선수로 태어나고
여전히 케냐의 칼렌진족은 장거리용 선수로 길러진다.
1973년 벨라루스 민스크에서 태어난
여자 체조 선수 스베틀라나 보긴스카야는
소비에트연방, 독립국가연합, 벨라루스
3개 국기를 제각각 유니폼에 새기고서
서울과 바르셀로나와 애틀랜타 세 올림픽에
3회 연속 12년을 대표로 뛴 전적이 있는데
그걸 제가 원했다면 정치인 팔자인 셈인데
미국 텍사스에서 피자집을 운영한다고
위키백과에 나와 있기에 그 인생 시네,
수첩에 적은 것이 2016년 6월의 일이었는데
2019년 11월 17일 오후 1시 22분에 검색하니
미국 텍사스에서 온라인 체조 의상 소매업과
체조 선수 학생들을 위한 여름 캠프를 운영하고 있다,
고 나온다.

있다 사라진 시가 있으되
서로 반짝이는 타이밍이다.

나를 못 쓰게 하는 남의 이야기 셋
—— 곡두 39

교하 중국정통마사지집에서 발마사지하던 내몽골 여인 렁렁이 나 걱정해서 느끼는 그대로 해준 이야기

한국 다시 온 지 넉 달 되었어요. 들어갔다가 또 나왔어요. 한국 좋아서요. 왔다 갔다 10년도 넘었어요. 마사지는 스무 살에 배웠어요. 나 힘이 세서 손님들이 좋아해요. 나는 서른세 살요. 남편은 톈진에서 살아요. 오래 못 봤어요. 보고 싶죠. 몽골 좋은데 가면 심심해요. 별만 있어요. 그래도 몽골 별 같은 거 한국에서 못 봤어요. 몽골 별 사진 보여줄까요? (방 밖으로 나가서 휴대폰을 챙겨 오더니 사진을 한 장씩 넘겨 보여주다 다시금 수건에 손을 닦고 마사지를 시작하는 렁렁) 잠깐만요, 물소뿔로 만든 괄사인데 이것 좀 쓸게요. 피멍 들 수 있는데 나중에 없어져요. 안 좋은 데는 색깔 더 울긋불긋해요. 마사지 학교 선생님이 나한테 선물로 준 거예요. 잠깐 여기가 한국말로 뭐지? (휴대폰에 대고 나는 알아들을 수 없는 중국어로 뭐라 하니 나는 알아들을 수 있는 한국어로 십이지장! 췌장! 감정의 고저를 모르는 여성 통역의 음성) 들었어요? 거기 안 좋아요. 아주 안 좋아요. 사장님 이 언니 여

기 배 속 안 좋아요. (카운터 입구에서였는데 그런 말 함부로 하는 거 아냐, 하면서 렁렁의 등짝을 찰싹하고 때리는 주인아줌마였는데 그날로부터 한 달 반쯤 뒤 담낭 제거 수술을 받은 나니 과정이야 어떠했든 찝찝함보다는 고마움이라 다시 찾아갔더니 렁렁은 없고 렁렁의 욕만 잔뜩 늘어놓는 연변 출신 조선족 주인아줌마의 한층 더 걸쭉해진 구시렁구시렁)

대화가 안 되면 소화라도
── 곡두 40

명동 롯데 에비뉴엘 앞에서
중국인 관광객들이 딸기를 사는 봄이다.
빨간 플라스틱 소쿠리 안에 담긴 딸기가
랩에 싸여 있고
손에 빨간 소쿠리를 하나나 둘씩 챙긴
중국인 관광객들이 차례로 버스에 오르는 낮이다.
버스에서 먹으려나.
그러려면 씻지를 못하는 딸기겠지.
호텔에서 먹으려나.
그렇다면 호텔 방에 버려지는 빨간 소쿠리겠지.
빨간 딸기보다는 빨간 소쿠리라,

캄보디아에서 물고기 목각은 안 사고
물고기 잡는 통발 두 개 사 온 뒤부터는
뭐라도 살 때 담아주는 그네들의 비닐봉지
그걸 재미 삼아 악착같이 모아두게 되었는데
몽골에 단체 여행 다녀온 이들이 내민
목에 방울 달린 야크 털로 만든 순록 인형이랑
야크 털로 짠 양말이랑 덧신이랑

캐시미어 머플러랑 벙어리장갑이랑
비닐봉지도 기억들 하시겠지.
빨간 세로줄이었는데 파란 세로줄이었는데
쪼글쪼글했는데
반투명인데 불투명한 냄새였는데
펴질까.
펴 뭐 해.
팔자 주름도 아니고서
담요 아래 그걸 넣고
담요 위에 없는 그걸 다리려는 건
아무 뜻도 없는 제스처라,

잘 지내냐는 물음.
안 전하는 것도 안부일 것이어서 나는
40개에 29,900원 하는 영의정 오메기떡이랑
32팩에 32,900원 하는 안동 간고등어랑
홈쇼핑 채널 번갈아 바쁘게 결제 중인데
죽을 만큼 힘들다는 울음.
아직 안 죽고 살아 있었냐는 응답.

이미 그때 나는 죽었는데 몰랐냐는 답응.

그나저나 너 지금 '만큼'이라 한 거 맞냐는 되물음.

기억을 부르는 만큼은 화를 돋우는 만큼.

내게 죽을 만큼이라 하면

나올 똥이 안 나와 응급실 실려 가던 고3 때

다물 줄은 알고 벌릴 줄은 모르던

썩은 내 똥꼬라는 입의 각도 같은 것.

너의 죽을 만큼이라 하면 글쎄

너는 어떤 장면을 예기치 않게 얘기할까.

네가 만큼이라 하니 나는 만치라 쓴다.

네가 유치라 하니 나는 유치장이라 쓴다.

쓰니까 또 말이 없구나, 그 말 먹음.

말 먹어 잡쉬버리는 그 말아먹음.

모질지 못함으로 딱 한마디했다.

청순한 청승으로 딱 한마디 더 했다.

똥을 싸.

그냥 똥이나 싸라고.

웃겨?

하긴 저도 변비인 주제에
둘코락스 에스 두 알 먹는 거
한 번에 네 알씩 먹는 내 주제에.
똥을 싸고 싶다.
그냥 똥이나 싸고 싶다.

그러고 보면
서로 똥 권하고 서로 똥 바라는 사이
있기야 어디 있겠지.
다들 안 나와서 못 싸는 날은 있어도
나오는데 안 싸는 날은 없겠지.
잘라낼 대장이나 꼬인 소장 걱정은
안 해도 될 만큼이니까
보다 단순해지고 있다는 얘기겠지.
단순해지기 위해 더욱 단순해지기까지
감정은 너와 나를 변하게 하지만
똥은 너와 나에게서 변화를 모르게 하지.
똥이여 건강한 너의 일관성이여.
너의 그 우직스러움을 칭찬해.

난데요*
—곡두 41

인삼을 언제부터 인삼으로 알고 인삼으로 불렀는지 기억에 없지만(그러고 보면 우리가 우리말을 알아서 다 한다는 일이 좀 기적 같지 않은가요) 인삼을 인삼으로 알고 인삼으로 봤을 때 어쩜 이렇게 사람처럼 생겼을 수가 있는지 뭔가 대단한 발견을 한 것처럼 호들갑을 떨었던 기억은 납니다. 이릴 직, 그러니까 국민학교 1학년인가 2학년인가 그랬을 거예요. 외가가 강화도라서 타 지역보다 흔한 것이 그 지역의 특산품인 인삼이기도 하여서 엄마가 얇디얇은 인삼 뿌리나 부서진 인삼 몸통을 어슷어슷 썰어 믹서에 넣고 우유와 꿀을 넣어 윙윙 갈아 등굣길 신발장 앞에 선 내게 한 컵씩 마시게도 했는데요, 그 쌉쌀하면서도 고소한 맛에 그리 거부감이 들지 않아 아침마다 신문지로 몇 겹을 싸 친정에서 보내 온 인삼을 엄마가 둘둘 말아 펴볼 때면 그 옆에 가만히 가 그걸 구경하기도 했는데요, 그중 멀쩡한 삼 한 뿌리를 흙만 털어서는 살살 찬물에 헹궈서는 아빠 입에 물려드려라 하면 그걸 들고 안방에 가 아빠를 깨우기도 했는데요, 그때 든 생각이라면 왜 인삼이 백일 기념 사진 속 사촌 동생을 닮았는가 하는 거였습니다. 엄마, 왜 인삼이 발가벗은 민석이 닮은 거야?

114

인어는 왜 하필 몸의 절반이 물고기를 닮았는지 동화
책 속 인어공주가 아무리 예뻤어도 인어공주는 절대로
되고 싶지 않았던 게 다리가 물고기 지느러미라는 낯섦
때문인지 물속에서 참아야 하는 숨의 답답함 때문인지
지금껏 궁금해도 엄마가 여태 답을 해주지 않아 아직도
비 오는 날이면 물음표를 우산처럼 들고 다니는 난데요,
인형은 특히나 바비나 미미라는 이름의 마론 인형은 매
일같이 성실하나 매일같이 가난한 우리 집 살림살이에
엄마에게 사 달라는 말 한 번 못 한 채 인형이 내 친구는
될 수 없구나, 일찌감치 옆집 담장을 가위뛰기로 넘는 상
상 따위와는 결별을 할 수밖에 없던 게 난데요, 이상하게
또 **눈사람**에게는 꽂혀서 한겨울에 빨개진 볼을 해가지고
는 몸을 공처럼 굴려 만든 눈사람을 데리고 집에 못 들어
가는 슬픔에 은색 털 장화에 핑크 목도리에 남색 털장갑
까지 죄다 들고 나와 그 옆에 차곡차곡 놔주고는 발이 떨
어지지 않아 어두컴컴해질 때까지 그저 바라보고만 있
는 일이 일견 사랑이기는 했겠구나, 35년쯤이 훌쩍 지난
지금에야 그 감정에 이름표를 달기도 하는 것이 난데요,

원숭이야 뭐 쭈글쭈글 주름진 얼굴로 돌아가시기 직전까지 바나나를 오물오물 입에서 안 떨어뜨리셨던 할머니 얼굴을 쏙 빼닮았으니 달리 이유를 찾으려고도 안 한 것이 난데요. 풀각시는 뭐냐, 막대기나 수수깡의 한쪽 끝에 풀로 색시 머리 땋듯이 곱게 땋아서 만든 인형이라는데 이건 내가 만들어본 적도 없고 누군가 만든 것을 사본 적도 없으니 이담에 겨울 이불을 풀로 삼을 만큼 무성한 풀의 언덕에 가면 그때나 한번 만들어볼 작정인 것이 난데요, 허수아비야 평생을 배추 농사 어깨 빠지게 짓고는 온 동네 집집마다 포대에 담아 배추 돌렸다는 러닝 차림의 수수깡 같은 말라깽이 할아버지가 범벅인 땀을 바람에 식힐 때 겨드랑이 들어 말린 장면을 오버랩시켜본 것이 난데요.

그런데요. 마네킹 있잖아요. 쇼윈도 너머 착착 세워놓을 때는 언제이고 폐점한 옷 가게 맞은편 종량제 쓰레기 봉투 옆에 그물 같은 카디건을 윗옷으로 레인보우 레깅스를 아랫도리로 입은 여성용 마네킹은 왜 하늘을 보는 자세로 내다 버렸을까요. 단정한 앞머리에 그러나 금발에 어깨에 닿을락 말락 한 생머리에 허벅다리 절반쯤 덮는 교복 치마에 목에는 작은 넥타이에 재킷 안에는 조끼에 교복 파격 할인 90퍼센트라 쓴 띠를 어깨에 두른 여성용 마네킹은 왜 땅을 보는 자세로 내다 버렸을까요. 서 있는 마네킹과 누워 있는 마네킹, 공통점이라면 입술은 있는데 입이 없다는 거! 간혹 그 입이 없어 부럽다 싶을 때면 호루라기를 입에 뭅니다. 불지도 않을 거면서 꼭 물고만 있는 호루라기. 그런 호루라기가 필요한 순간이 꽤 있죠. 점점 있고 왕왕 있죠. 자랑이라는 단어를 발음해보고 부끄러움이라는 단어를 발음해봅니다. 물을 채운 비커에 빨간 잉크가 뚝뚝 떨어져 연기처럼 퍼지는 번짐. 요즘 들어 무엇이든 물어볼까, 그 놀이에 재미 들린 다섯 살배기 조카가 비도 안 오는데 식탁에서 밥을 먹으면서 한 손으로는 땡땡이 우산을 쓰고 있다 해서요, 그건 한번 물어볼까 하는 참입니다.

* 함민복 시인의 동시 「물어볼까」에 답함(『노래는 최선을 다해 곡선이다』, 문학동네, 2019).

삼세번
― 곡두 42

이마트가 처음 생겼을 때
구입한 물건 담아 가라고
박스 코너가 주차장 안쪽에 자리했을 때
잘들 담아 잘들 싸서 가시라고
가위와 스카치테이프 꽤 넉넉했었다.
쓰고 제자리에 놓아주십사
당부의 글도 붙어 있었는데
그게 힌트가 된 모양인지 어느 날,
가위 끝에 긴 고리 스프링이 수갑처럼 채워졌고
테이프는 박스용 커터기에 꽉 끼워져
남아나는 테이프 꼴을 아주 못 보게도 하였는데
니퍼나 펜치로 끊어도 그만이겠다 생각한 이가
어디 한둘이 아니었는지 어느 날,
주황색 플라스틱으로 된 긴 틀 하나
철판으로 된 선반 위에 여섯 개의 나사로
꽉꽉 귀퉁이마다 조여져 있었고 이는
커팅과 테이핑을 한 번에 해결할 수 있는
일자형 포장 도구의 하나였는데
아래로 누르면 테이프도 포장용 끈도

순식간에 턱 하고 잘리는 성능 좋은 기계 앞에
"커팅기 내부에 손을 넣으시면
안전사고가 발생할 수 있습니다"란 문구는
담뱃갑의 경고문처럼 시큰둥한 당연함이니
이를 뛰어넘는 상상력이야 또
언젠가 발휘될 것이 분명하겠지만 새삼
손이 다른 인간들과
다른 손의 인간들
손 드는 인간 위에
손 자르는 인간 있다 싶으니까
선호하는 선물 품목 가운데
여전히 가죽 장갑이 우위를 차지하나
상투의 건재를 새삼 확인하게도 되는 것이었다.

나를 못 쓰게 하는 남의 이야기 넷
— 곡두 43

중국 시인 정샤오충이 '시인은 무엇을 생각하는가'라는
주제 아래 발표한 산문 「시詩의 문」을 요약한 이야기*

나는 18년 전 중국 서남부 사천으로 광둥 동관에 이르
는 일대에서 공장 생활을 몇 년 하면서 여러 가지 일에
종사하였다. 완구 공장 설치공, 선자 공장 검품 인원, 카
세트테이프 공장 설치공과 사출 성형공, 금속 공장 절단
공, 피혁 공장 검사 담당, 가구 공장 회계 담당, 플라스틱
공장 물자 관리공 등으로 일하면서 세계의 공장이라 불
린 동관의 조립 라인에서 생계를 도모하였다. 나는 그냥
A245였다. 그렇지 않으면 담당 제조 공정이나 포장 담당
이라 불렸다. 동료 중에 조립 라인의 업무 강도에 적응하
지 못하고 밤마다 꿈을 꾸며 소리 지르는 사람이 있었다.
그 창백한 얼굴을 보노라면, 그 외침이 내 몸에서 뿜어
나온 것처럼 느껴졌다. 공장 출입문 앞에서 자기 월급을
독촉하는 여성 노동자를 공장 보안 요원이 끌고 나가는
모습을 보면 내가 끌려 나가는 기분이 들었다. 공업 단지
에서 잃어버린 딸을 찾는 어머니의 하얗게 센 머리칼과
나이 든 얼굴을 마주하면, 타향에서 실종된 이가 나인 듯

했다. 동료가 타향의 길거리에서 컨테이너에 치여 죽었다는 이야기를 들으면, 죽은 이가 나라는 생각이 들었다. 몇 년 동안 나는 내가 따르고 교류했던 무수한 여성 노동자들과 만나고 헤어지는 과정 중에 그들이 끝내 사람들 사이로 사라지는 것을 목격해왔다. 나는 바로 내가 그 무리 속에서 이들 여성 노동자를 구출하여 구체적으로 존재하는 한 명의 인간이 되게 해야 한다고 생각했다. 그들 또한 누군가의 딸이자 어머니이자 아내이다. 독립적으로 존재하는 그들 모두는 구체적인 이름을 갖고 있다. 그들의 이름, 그들의 이야기, 그들 이름의 이면에는 한 개인이 존재하는 것이지 무리인 것이 아니다. 나를 신뢰하는 그들은 자기 이야기를 해준다. 나는 그들의 불운을 시로 기록하였다. 모든 이의 이름은 그녀의 존엄을 뜻한다. 이 말은 조립 라인에서 일하던 시절 깊은 깨달음을 준 구절이다. 나의 이름은 정샤오충이다. 나를 중국의 어느 여성 노동자로 부르지 말기를 바란다.

* '2019 한중일 청년작가회의, 인천' 행사 때 본부에서 나눠 준 팸플릿에서.

모자란 모자라
마침표는 끝내 찍지 아니할 수 있었다
—곡두 44

교양 시 수업 시간에 광고홍보학과 남달리 학생이 마
스크를 쓰고 계시기에 너 감기냐 하였더니 메이크업을
안 해서 그렇다기에 네가 연예인이여 뭐여 웃자고 몇 마
디 보태다 그끄제의 의사 선생님이 그제의 나를 보시며
어제와 같은 사람인가 긴가민가하시기에 오늘의 나도
5층 병원으로 직행하기 전 1층 행복한약국에 들러 성인
용 특대 사이즈의 흰색 마스크를 사긴 사뒀는데 마스크
도 써본 사람이 잘 쓴다고 그 쓰는 습관이 아직은 들지
않아서 일단 가방 속에 넣어두기만 한 참인데 진단명이
대상포진이라 하시니 나는 아프지도 않았고 쑤시지도 않
았고 다만 등 언저리가 간지러워죽겠는 것이 등 언저리
는 또 저 혼자 속 시원히 긁을 수가 없는 까닭에 어제 위
트앤시니컬에서 만난 오은에게 반갑다고 인사할 겨를도
없이 뒤로 돌아 티셔츠 등을 깐 채로 거기 뭐 물렸는지
좀 긁어봐라 하였더니 하여간 별걸 다 시켜요 김민정은
그러면서도 여기 우툴두툴하고 많이 빨개 병원 가봐야겠
다 누나야 하기에 이건 분명 벌레다 중국 샤먼에서 이상
야릇한 벌레에 쏘여 온 것이 확실하다 싶어 다시금 선생
님을 찾게 되었다고 하니 이리 보고 저리 보다 일단 처치

실로 가 안내를 받으라시니 뭐 간호사 언니가 시키는 대로 상의를 탈의한 채 커튼이 쳐진 침대 위에서 아무리 혼자라지만 정면은 어색하니까 엎드린 채 누워 기다리는데 하의 탈의하시고 침대 위에서 잠시만 기다려주세요 하는 간호사 언니의 말이 끝나기가 무섭게 그러니까 팬티는 안 벗어도 된다는 거죠? 사타구니 언저리 다 퍼졌단 말씀인데 쏠려가지고요 하는 남자는 어쩔 수 없이 정면인 채로 누워 기다리겠지 싶으니까 제각각 쳐진 하나의 커튼 너머로 앞을 보고 누워 있을 남자와 뒤를 보고 누워 있는 나를 젓가락 두 짝처럼 여기자니 「젖이라는 이름의 좆」 2탄 쓸 것도 아니고 필요한 게 마스크가 아니라 모자구나 알겠어서 쉼표 패스하고 마침표 하나 후딱 이쯤 해서 찍고 끝내려는데 찔끔 시작되는 이 조짐은 어렵쇼 생리구나 그 즉시 떠오르는 대로 가방 속에서 그 마스크란 걸 까서 팬티 속 그 아래에 갖다 대니 여자들은 알고 여자들만이 너무 아는 그의 본격 시작에는 다소 이른 감이 있어 알코올 적신 솜이 내 등을 차게 스쳐 가도 나는 이맛살 절로 찡그려져 닭살 돋음에도 솜털 안 세우는 나름의 기개인데 의사 선생님은 알까 간호사 언니는 알까 안 아픈 척이 아니라 참는 척이 아니라 순발력 있게 도구를 사용했다 싶으니까 진짜 어른이라도 되었다 싶으니까 내 질박함을 칭찬하고 싶어 여유 만만인 건데 그러나저러나 얼마나 다행이야 한 번 쓰고 버리는 일회용 마스크가 아니라 두 고두고 빨아 쓰는 면 마스크인 것이 좀 굿이지 않니?

우리도 폴짝

박준
(시인)

머칠을 더 헤어지는 중입니다. 무람없을 정도로 가깝다고 믿고 있으니 할 수 있는 말은 많지만 정작 새로 하고 싶은 말은 잘 골라지지 않았습니다. 무슨 말이든 해도 되겠지만 이것은 곧 어떤 말도 하지 않아도 된다는 뜻일 테니까 더 어렵기만 했습니다. 쓰는 이가 자신의 글과 내외內外할 때가 있듯이 이런 연유로 저도 얼마간 시인을 마음으로 멀리하고 있습니다. 떠나보낼 때도 있었고 떠나올 때도 있었는데 이 둘의 시간은 서로 비슷했다고 생각됩니다. 목화이거나 누에 같은 시인의 삶을 생각하는 대신 광목이거나 명주 같은 시인의 시를 천천히 쓸어보는 시간입니다.

나는 이 시편들이, 시적 규범을 위반하고 새로운 언어를 찾고자 하는 지적/시적 탐색의 결과물이 아니라고 적었다. 나는 지적이며 시적인 '성찰'을 지향하는 시들에 대해 그리 호감을 갖고 있지 않다. 그런 의미에서 나는 이 시집의 지지자이지만, 나의 지지를 넘어선 곳에서조차, 이 시집은 여전히 '경계'에 걸려 아슬하다. 지금 내게는 그저 상식적이고 흔한 질문이 떠오른다. 어째서 한 젊은 시인의 머릿속에 이토록 끔찍한 이미지들이 미친 듯이 자라고 있는 것일까? 이 여자의 악몽들은 대체 어디서부터 시작된 것일까?

창문 밖을 바라보니, 초등학교 아이들이 정문을 나와 마구 거리로 쏟아지고 있다. 햇살이 총총, 가득하다.

——이장욱 해설, 「그 여자의 악몽」, 『날으는 고슴도치 아가씨』, 열림원, 2005, p. 171

저도 시인의 시가 어떤 경계에 있다고 생각했습니다. 그 경계를 살펴보는 것은 어쩌면 무용합니다. 무용하지만 무용한 것을 알고 있다는 믿음으로 더 말해볼 수도 있겠습니다. 먼저 시인이 만들어낸 경계는 그간 우리가 시라고 합의한 것과 이제껏 합의되지 않은 것의 사이에 있습니다. 동시에 시인과 화자가 만들어내는 거리에 대한 각각의 경계입니다. 우리는 시인에게 왜 그것들을 말하느냐 하고 물을 수 있습니다. 화자에게는 왜 그렇게 처절하도록 솔직하게 말하느냐 하고 물을 수도 있습니다.

다만 이 경계가 오해되어서는 안 됩니다. 과거나 현재 그리고 미래에도 합의 자체를 부정하는 이들에게 시인이 만들어낸 경계는 주어지지도 딛어지지도 않을 것입니다. 그들이라면 시인에게 뭘 그런 것을 말하느냐 할 테고 화자에게는 뭘 그런 것까지 다 말하느냐 하고 물을 것이 분명하니까요.

　또 이 경계는 구술과 문자 사이의 경계 같기도 합니다. 구술의 힘으로 씌어진 시인의 시들은 문자화된 이후에도 이전의 구술성을 지우거나 부정하지 않습니다. 그렇다고 해서 구술 자체가 문자 그대로 합일되는 것도 아닙니다. 구술이 문자를 낳고 그 문자는 다시 구술로 읽히며, 리듬과 의미가 그 사이를 자유롭게 번갈아 오가는 것입니다. 이 오고 가는 길섶에서 구술도 문자도 채 되지 못했던 것들이 별안간 고개를 내밀고 커다란 눈을 끔벅이고 있을 것입니다. 웃음이나 비명 같은 것들이, 혹은 그마저도 아닌 것들이.

　꼭 저녁 같습니다. 시인이 만들어낸 시의 경계를 두고 하는 은유입니다. 만약 저녁을 정의할 수 있다면 이 경계도 은유적으로나마 더 설명될 것입니다. 먼저 생각으로는 어두워지기 시작할 무렵이 저녁의 시작이며, 더는 어두워질 수 없을 만큼 어두워졌을 때가 저녁의 끝 같습니다. 이어지는 생각은 저녁밥으로 무엇을 먹을지, 먹는다면 누구와 먹을지 고민을 하는 순간부터 저녁이 시작되며, 밥을 다 먹고서 그릇을 깨끗하게 씻어두었을 때쯤 저녁이 끝나는 것 같습니다. 답의 우열을 가를 필요는 없겠지만, 재미 삼아 사전에서 저녁이라는 말을 찾아보았습니다. "저녁: 해가 질 무렵부터 밤이 되기까지의 사이." 사전적 정의라고 하기에는 다소 추상적인 답을 보고 저는 웃었습니다. 지금 생각해봐도 저녁은 오지 않을 듯 머뭇거리며 오는 것이지만, 결국 분명하게 와서 머물다가, 금세 뒷모습을 보이며 떠나가는 것 같습니다. 물론 저녁이 아니더라도 오고 가는 세상의 많은 것들이 이와 다르지 않을 것입니다. 시인의 시를 읽을 때 펼쳐지는 세계가 그러하듯이.

그러나 우리는 그 사람들에 대하여 또 자기 자신에 대하여 차갑게 말하는 한 여자의 내적인 상태에 주목해야 한다.
— 김인환 해설, 「공백의 안무」, 『그녀가 처음, 느끼기 시작했다』, 문학과지성사, 2009, p. 122

만약 시인의 냉정이 세상과 타인을 향해 드러난다면 그것은 수동에 가까운 것입니다. 아픈데 누군가가 왜 아프냐고 물어올 때 혹은 왜 그렇게 오랫동안 혼자 슬퍼하느냐고 물어올 때 시인은 냉정에 가까워지는 듯합니다. 그런 당신은 왜 아프지 않냐고 혹은 왜 슬픔의 중단을 강요하느냐고 차갑게 묻거나, 묻는 일을 겨우 참아내고 마음에 묻어둘 것입니다.

반면에 시인이 스스로에게 냉정해지는 순간은 능동적이면서도 단순하게 옵니다. 그것은 죽음입니다. 잘 살고 싶어 하는 일이야 시인의 눈 밖에 난 지 오래인 듯합니다. 시인은 다만 잘 죽고 싶어 합니다. 잘 죽고 싶은데 잘 죽지 못할 것 같을 때 시인은 스스로에게 더없이 냉정해집니다.

그러면 잘 죽는다는 일은 또 어떻게 설명할 수 있을까요. '잘'이라는 부사가 '죽다'라는 동사와 만나는 일이 가능한 것일까요. 모르겠습니다. 어렵고 어렵습니다. 만약 가능한 일이라면 그 말들의 사이는 죽음의 당사자만이 이어 붙일 수 있을 것입니다. "왜 살아?" 하고 내가 말할 수 있는 상대는 세상 수많은 사람들 중 나 자신밖에 없는 것처럼. 하지만 우리는 아직 죽지 못했으므로 '잘'과 '죽음'을 이어 붙일 수 없습니다. 이런 까닭에 모든 죽음은 애사哀史가 될 것이고 모든 삶 또한 역시 애사哀思가 될 것입니다. 이 두 극단을 생각하고 이어보고 적어나가는 사람의 시가 애사哀詞로 가득한 것은 어쩌면 당연합니다.

이렇게 쓰는 시간에도 나는 여전히 정말 모르겠다. 김민정을. 그러나 하나는 알겠다. 이 세상에 없던 방식으로 시를 써보고 싶은 시인. 세상에 없던 사랑을 발명해보고 싶

은 사람. 그래서 자주 혼자에 갇히는 시인-사람

　　—이원 발문, 「시집 김민정」, 『아름답고 쓸모없기를』,
문학동네, 2016, p. 110

아마 시인의 사랑은 이름 짓기-부르기로 발현될 것입니다. 이번 시집에도 수많은 이름들(마르그리트 뒤라스, 김민정, 기승, 황현산, 수경, 무구, 무아, 혜은이, 길옥윤, 박찬일, 최정진, 이제니, 엄용수, 김형곤, 헤이자자, 김태형, 피케티, 강태형, 김태형, 김태형, 김소진, 함정임, 김태형, 김태형, 노희경, 김영옥, 김수현, 이순재, 강부자, 보리, 김용택, 철규, 준, 연준, 장석남, 최승자, 베이다오, 제이크, 송방웅, 이쾌대, 박팽년, 연회, 김운태, 이천희, 허영란, 허영란, 스베틀라나 보긴스카야, 렁렁, 민석, 정샤오충, 오은)이 등장합니다. 관계의 형이상학이자 동시에 형이하학인 이름. 사랑이든 그리움이든 미움이든 원망이든 이해든 사람의 정서가 가장 오래 머물러 있는, 동명일지라도 유일무이한.

이쯤에서 저는 평소처럼 김민정 시인을 누나라고 부르려 합니다. 그리고 오래전 누나에게서 받았던 글을 이곳에 옮겨 적으려 합니다. 누나의 말투도 한번 빌려 와봅니다.

빚 같지만 빛이고, 앙갚음 같지만 갚음입니다.

시인으로, 시집을 만들면서 살다 보니
시로부터 아주 객관적인 자세를 갖게 된 나는
이제 와 믿게 된 것이 단 하나란다.
그러니까, 시간, 그리고 시라는 나.
우리는 잊힐 것이다.
우리는 우리로밖에는 기억되지 않을 것이다.
—김민정 시인에게서 온 이메일(2011년 12월 7일)

준으로 끝나는 이름을 가진 제가 되었든 정이든 립이든 산이든 찬이든 경으로 끝나는 이름을 가진 사람이 되었든 지금쯤이면 『너의 거기는 작고 나의 여기는 커서 우리들은 헤어지고 있는 중입니다』의 출간을 달갑게 반기고 있을 것입니다. 누구라도 이 일을 함께 기뻐해주셨으면 합니다. 문학이든 삶이든 죽음이든 우리의 '거기'가 한 품 더 너르고 커졌으니. 시인의 경계가 이렇게나 아름답게 넓어졌으니.

그곳에서라면 우리는 언제든 폴짝. ▨